最後一次用力擁抱，
然後轉身遠行

閆曉雨／著

愛是一種溫柔的回聲

　　寫下這段文字的時候，這座城市正在下今年的第二場雪。

　　他們說這白茫茫的一片叫冬天，可我的心，卻像跌入溫泉。愛就是這樣的感覺吧。輕盈、炙熱、有覆蓋一切又融化一切的力量。愛能還原、能揭示這個世界本來的樣子，赤裸裸的美與消亡。

　　這篇序，我拖了好久。我這個人就是這樣的，越重要的事情越不敢觸碰，越喜歡的人越不敢靠近。

　　好像沒辦法改變。

　　「不太擅長表達自己的情感」是我們這代人的通病吧，我是這樣，我身邊的許多人也是。可能正在看這本書的你也是。我們之中有很大部分人因原生家庭、教育、成長經歷以及不那麼順暢的親密關係，導致沒能真正感受過充沛而健康的愛，我們怯於為自己的真實感受發聲，我們自卑，我們閃躲，我們用一些奇奇怪怪的方式迂迴地去接近愛，卻從不敢正面與它相遇。

　　每經歷一段感情，人都會重獲新生。

在這本書的故事裡，有許多不同性格的主角，柴犬先生、刺蝟小姐、沙漏先生、八爪魚小姐、泡芙小姐、便利貼先生、鴕鳥小姐、胡楊小姐……每一個人物名字都暗喻了他們獨具特色的性格特徵。

他們可能是一個人，可能是一群人。

可能是某個階段的我們自己，可能是一個人身上拆分出來的不同狀態。

他們從不陌生，刺蝟小姐的患得患失，鴕鳥小姐的真誠笨拙，沙漏先生的悲觀主義，胡楊小姐的自主獨立，便利貼先生的討好型人格，其實不都是我們在愛裡曾經的樣子嗎？我不會告訴你愛是無瑕的，這本書也絕對不是在教大家「如何談戀愛」，它更像是一本流動的成長日記，一面藏在時光口袋裡的小鏡子，偶爾拿出來翻翻，不是用作遠行指南，而是看清楚此時此刻自己的心意。

其實愛裡會有很多陰暗面。

原本我以為，喜歡一個人就是單純地往前跑，就是努力把自己最好的東西分享給對方，沒有想到原來很多人看似全心愛著，卻早就想好了退路。

傷害與被傷害總是不可避免的。不要著急罵人。說不定哪天我們也會成為丟下別人的那個角色。比起執念於一段不明朗的戀愛，更重要的，是學會尊重自己的感受，遠離那些讓你不快樂的人和事，及時切斷帶給你過分負擔的情感關係，以及懂得和「珍視自己」的人相處。

愛不是索求，更不是服從，愛是兩個人平等地站在一起，用力擁抱。我們願意堅定地站在對方身邊，但並不意味著就要亦步亦趨，成為和對方完全一樣的人。靈魂需得獨立而有力，才能在彼此需要的時候互相依靠。

　　比較理想的戀愛狀態是：我們分開是大人，待在一起的時候是小孩。

　　我喜歡你，就只是喜歡你，不是喜歡想像中的你，也不是喜歡某一面、某個特定情境中的你。我對你有諸多期待，卻不盲目崇拜。

　　我對喜歡的人唯一的要求就是「做你自己」，你開心就好。

　　說到底，愛是一種溫柔的回聲，你對自己的愛人是什麼樣子，你就是什麼樣子。你向這個世界散發出的訊號，會不自覺地吸引來同好。

　　我們最終能夠得到的眷戀其實就是最初自己給出的真心啊。

　　所以請記得好好對待你身邊的每一個人。自然、清明、赤誠、不要掩飾自己的溫暖面，內心覺得珍貴的東西不要用來消遣。

　　真誠地愛過，就是真實地活過。

目錄

Chapter **1**

初見你，請多多關照

Chapter

2

再遇見一百次，仍淪陷一百次

Chapter

3

可是我還學不會說再見

目錄

最後一次用力擁抱，然後轉身遠行

我無數次
與你保持距離，

不過是
害怕被你揭穿祕密。

喜歡一個人，有千萬種方式。

而我選擇遠遠觀望你的笑容，

又何嘗不是靠近幸福的一種方式。

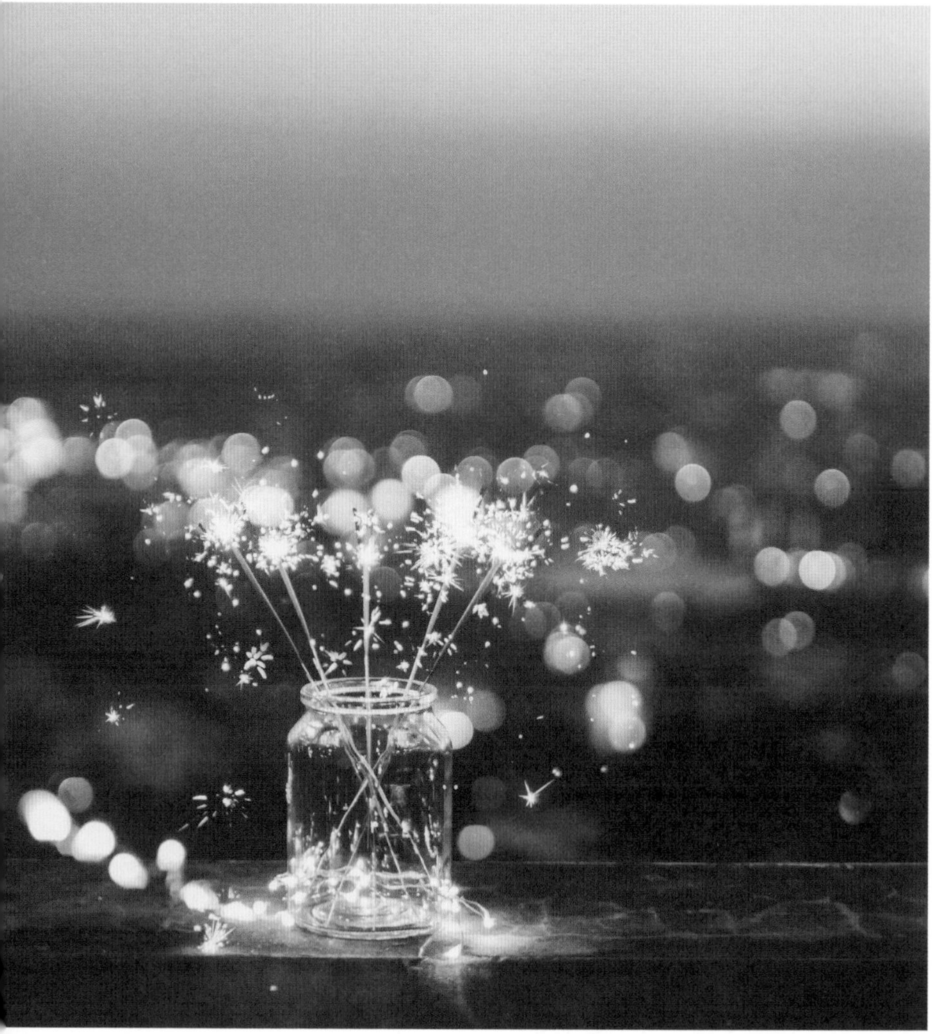

初見你，
請多多關照

歲月太長，光陰太短。
唯有你在，才剛剛好。

最後一次用力擁抱，然後轉身遠行

愛一個人的方式有千萬種，
而我們偏偏總是選最笨的

一顆藏起來的心，
不可能真正靠近另一顆心。

♡ ▢ ◁ 　　　• • • • •　　　▮

 含羞草小姐

每次有人說喜歡她，她都會在內心忐忑不安：他一定還不了解我
吧，假以時日他夠了解我了，大概就不會再喜歡我了。

含羞草小姐曾經因為自卑拒絕了喜歡的男生。

越是喜歡一個人，就越是想要逃離對方。

從邏輯角度出發，大概有些「近鄉情更怯」的意味，明明是渴望渡過陰鬱暗夜的守夜人，卻總在黎明倏忽而至的交界地帶畏縮手腳，停滯不前，彷彿再繼續一步就會令原有的人生失衡。

那明明是她喜歡了很久的男生啊，小心翼翼待在對方身邊，以「普通朋友」的名義，陪他熬夜聊天，陪他逛街把妹，在他難過時會絞盡腦汁逗他開心，在他流露出快樂情緒時，也笑得像個傻子。記著他的生日和吃飯口味，記著他家的路牌還有社區裡馥鬱芬芳的槐花，就連平日走在擁擠的人群中，也會很快認出他來，並不自覺盯著他的後腦勺發呆。他所有的壞，在含羞草小姐眼裡都是可愛。

可是不管大家怎麼調侃他們，含羞草小姐都打死不承認自己喜歡他。

即便是後來，男孩和含羞草小姐主動告白了……含羞草小姐都能找到奇怪的理由拒絕對方。

別笑，含羞草小姐不是一個人。

它只是一個代號，代表著這個世界上許多對愛沒自信的女孩。

不信自己能遇到美好的食物；不信握到的手能夠抵抗漫長歲月的侵蝕；不信今日的案頭誓言，來日依然堅定不移。

所以每次有人說喜歡含羞草小姐，她都會在內心忐忑不安：他一定還不了解我吧，假以時日他夠了解我了，大概就不會再喜歡我

了。與其在恢弘而慘烈的割據戰中喪失對愛情的美好幻想，不如退避三舍，保持那種蠢蠢欲動的雀躍感。

日劇《四重奏》裡有句經典臺詞：「人們總是對喜歡的人不說我喜歡你，卻說我想你。對想見的人不說我想你，卻說要不要一起吃個飯。」

誰說我不愛，只是有時候愛的方式，不是靠近，而是保持距離。

#02

白楊先生是個窮小子，他的女朋友薔薇小姐出身世家，生活精緻到連用的紙巾都是他從沒見過的款式。

兩個人出去吃飯，每次薔薇小姐都會體貼地拿出精緻紙巾幫他拭汗，白楊先生卻誠惶誠恐，滿腦子想的都是，這麼漂亮的紙巾怎麼能拿來擦臉呢？鋪滿櫻桃形狀紅白相間的當桌布還不錯，木頭紋路的比較適合放在書房，還有那張印刷著梵谷作品的紙巾，簡直就是藝術品。他可捨不得浪費。

大學畢業後，他們都來到大城市工作。住在一處公寓裡，白楊先生的薪水勉強夠付房租，為了保證薔薇小姐的生活品質一如從前，他拚命接案子賺錢。薔薇小姐很心疼，主動提出要分擔生活費用，遭到他拒絕。

在他心裡，薔薇小姐能跟一無所有的他在一起，已然很不容易了。如果不能讓她過好日子，他會覺得愧疚。他每個工作日都在各

大外送APP上搜尋最便宜的午餐，有時因為和同事商量一起叫餐省外送費，還被誤以為他這個人喜歡占小便宜，存下來的錢，只是為了週末帶薔薇小姐去吃一頓她喜歡的日本料理。

有人曾經問白楊先生，你有沒有想過哪天會和薔薇小姐分開。

他回答：「我會努力讓我們永遠在一起。」

但就在去年冬天，他們分手了。

聽人說白楊先生去了日本，走得決絕，從此再沒有和薔薇小姐聯繫過。他們的共同好友試著在各大社交軟體上尋找白楊先生，都沒什麼音訊，手機號碼停用了，SNS也沒有再更新過，這個人好像就這麼憑空消失了。

白楊先生出國後，大家都勸薔薇小姐回家吧，待在這座城市還有什麼意義呢。

但薔薇小姐堅持要等，她說白楊先生一定不會丟下她不管，她拒絕了家人資助，一個人從市區附近的公寓搬到了房租便宜的市區外圍。沒有再談戀愛，身邊有任何追求者都被她以「我有男朋友」而拒絕了。

有人猜測白楊先生是發財出國過好日子去了，也有人說白楊先生會不會犯了什麼罪逃走了。只有薔薇小姐堅持相信，他會回來。

後來他們的一個共同好友找到薔薇小姐，說有白楊先生的消息了。

「上個月，我接到一個未顯示號碼的電話，竟然是他！他和我說了很多，本來他打算給你一個驚喜，但我還是決定先來和妳說一

聲，他要回國了……」

　　朋友告訴薔薇小姐整件事的前因後果，原來是薔薇小姐的父母一直不同意他們交往，私下曾經勸白楊先生主動提分手，白楊先生堅持不同意，後來索性和薔薇小姐的家人定下半年之期，如果他們兩人分開半年後，依然堅定地要和對方在一起，那他們也就不阻攔了。

　　當然，這半年還有一件更重要的事，白楊先生必須賺夠一百萬，並提出一個可執行的未來規劃。

　　薔薇小姐父母沒有想到的是，這兩個年輕人對愛情的忠誠，遠超乎他們的想像。

　　這半年白楊先生在日本進修，同時拿到國內一家大廠的offer，薪資比之前高了一倍，雖然沒有賺到一百萬，但確實靜下心來為兩個人的未來考慮了很多，很多次他看著薔薇小姐發的動態，都很希望對方可以放棄他，回家去過她該有的生活，白富美和窮小子只有在電視劇裡才會被命運成全。他很清楚，遠離愛人，其實也是在保護愛人。

　　可是當他聽說薔薇小姐沒有回家，而是堅定地要等他回來時，他再也無法說服自己以愛之名行傷害之實了。

　　等到課程結束，白楊先生就迫不及待地訂了回國的機票，這一次，無論如何，他都不會再放開她的手。

　　白楊先生把他們的故事發在網路上，有網友說，這個故事聽起來好假啊。

　　「如果是我，我肯定不會讓女朋友跟著我吃苦。」

　　可是我們大家本來就是俗人啊，你憑什麼認為女生不願意跟著你吃苦，又憑什麼認為退一步就是在成全對方。

　　愛情就是愛情，哪有什麼該不該配不配，金玉良人是你，粗布木簪是你，去普羅旺斯看薰衣草還是待在家裡煮一鍋紅豆湯又有什麼不同，喜歡你就是喜歡你本來的樣子，以及賴在你身邊的日子。

　　用自以為是的單線條思維去愛對方，是最笨的方式。

　　桐華寫過一句話我很喜歡：一顆藏起來的心不可能真正靠近另一顆心，就像是一雙捂著的眼睛永不可能看清楚另一雙眼睛。

　　愛一個人的方式有千萬種，可我們偏偏總是選最笨的。

　　忽略愛、遠離愛、壓抑愛，或者以愛之名去傷害愛，

　　我們總是試圖用極端的方式去面對這個本來很中立的話題。

　　不論是沒自信的含羞草小姐，還是擔心無法帶給愛人安穩生活的白楊先生，每個人來到世間都有他自己要完成的功課，每對情侶都會慢慢摸索到舒服的相處方式，而我們只需要在這個過程中，完善自我性格缺陷，分享並延續曾經得到過的真誠與溫柔，就夠了。

舉一朵花去流浪，
你卻說留下也無妨

這個時代太快了，我害怕現代人的速食愛情，
害怕分開，害怕淪陷，
害怕我說好，而對方到最後卻只是敷衍。
所以，我在等。我相信會有那樣的一個人，
看穿我假裝的冷漠，撫平我內心的失望。

 柴犬先生

> 對他來說，兩個人在一起，總得有一個人要努力向對方的生活軌
> 跡靠攏。
> 如果你喜歡朝九晚五，我願予你歲月安好。
> 如果你喜歡浪跡天涯，我便陪你並肩走四方。

#01

你留下吧。

春天給你，稚氣給你，

窗前的月光給你，眉頭的心事給你，

不要嫌棄這歲月稀薄不夠金雕玉琢，

溫柔的舍利子，只有這一顆。

你留下吧。

過去給你，結尾給你，

落款給你，注腳給你，

你聽過多少言之鑿鑿的任性謊言，

我就給你多少無所事事的柔軟靈魂。

你留下吧。

自由給你，神明給你，荒唐或倔強。

你的選擇就是原則。

#02

　　柴犬先生第一次見到刺蝟小姐，是在大理。

　　剛下過雨的馬路，脫去了白晝的喧囂和躁動。柴犬先生告別了
同行的同伴，一個人走走停停，地上的小水坑明暗交織，讓他忍不

住踩上去，旁邊沒什麼人了，他就索性放任自己，彷彿回到小時候一樣的快樂。

這趟雲南之行是柴犬先生送給自己的畢業禮物。他今年二十二歲，大四生，是身邊的人眼裡頭腦簡單四肢不發達的典型直男。

這次旅行的主要目的，是想趁此機會，想清楚自己的未來。

二十二多歲的年輕人總是迷茫得如此相似又可愛。

四月的濕潤空氣最易勾起不清不楚的陌生情愫，柴犬先生摸摸腦袋，覺得此刻最適合去小酒館裡喝杯酒，一杯敬感情的虛妄，一杯敬未來的明亮。

正當柴犬先生躊躇要去哪裡時，聽到不遠處一家名為「在路上」的酒吧裡傳出的音樂，那股股輾轉中折射出無奈和期望的克制女聲，彷彿有著勾人的魔力。他走進去找了個角落的位置，點了杯威士忌，抬起頭注意到唱歌的是個短髮女生，全程很投入，完全不理會臺下觀眾的注視與歡呼。

柴犬先生被她唱的〈殺死那個石家莊人〉所吸引，他就是石家莊人，又是原唱萬能青年旅舍的忠實粉絲，所以在大理聽到這首歌有種莫名的熟悉感。衝動之下，他在對方演出結束後快步追上去：「喂！妳好。」

刺蝟小姐覺得莫名其妙，這個傢伙是誰，為什麼突然跟她搭訕？

她沒理會，繼續往前走。就聽到男生在後面絮絮叨叨說起了原因：「妳別誤會，我沒有什麼意思，妳唱得很投入，所以猜測妳也是石家莊人。我只是想和妳說，妳唱歌很好聽。」柴犬先生一臉認

真的窘迫。

夜晚褪盡遊客的路上格外安靜，鑽進鼻子裡的青草香惹得刺蝟小姐生不起氣來，回頭，定睛看著男孩，長得還蠻可愛的。

反正下班後無事，就當回家路上做個伴吧。刺蝟小姐和柴犬先生有一搭沒一搭地說著話，往前走去。

刺蝟小姐是堅定的 Gap Year 旅行者，每工作一段時間，就會出去玩一圈，始終不停止對這個世界的好奇，這是她的生活方式。從大學開始，她分別做過青旅義工、商販、兼職導遊、偏鄉教師、咖啡店服務生等工作，歌手是她一直以來的夢想。

「唯有音樂，最懂寬恕。」

刺蝟小姐說她很喜歡搖滾樂，是因為大多數樂手都身體力行走在時代變革的前沿，他們無所畏懼地追逐著自己喜歡的事情。他們的獨立思考，從來不泛泛而談。

柴犬先生聽到這番話，內心十分震動，分別時，忍不住和她加了好友。

他說，下次還要去小酒館，聽她唱歌。

#03

那段時間，柴犬先生幾乎是日日報到，出現在「在路上」。

這個面帶迷弟笑容的陽光大男孩每晚十點鐘準時抱著一杯威士忌，店裡的服務生都習慣了。柴犬先生長相不屬於花美男那一類

的，但個子高很加分，有 188 公分的樣子，侷促的小酒館裡座位之間間隙狹窄，顯得那雙大長腿無所適從。

這幅情景惹來很多小女生偷看，但柴犬先生的目光，全部傾注給了臺上深情演唱的刺蝟小姐。

刺蝟小姐何嘗感受不到，那種炙熱，那種滾燙，那種欲言又止的眼神，象徵著一段離經叛道感情的開始。但刺蝟小姐不斷告訴自己，不要胡思亂想，再傾盆的心動，都會雨過天晴。

她很清楚地知道，他們不一樣。

她比他大五歲，沒穩定工作，愛過一些人，但都無疾而終。沒有活成世人眼裡所謂「一個女孩該有的樣子」。她甚至都不知道自己的下一站是哪裡，明天將去往何處；她沒有足夠的勇氣為對方改變自己的生活軌跡，亦不夠肯定他的喜歡就夠堅持。

他才二十二歲，大學剛畢業，對他來說，這或許只是一段充滿旖旎色彩的旅途相遇吧。

沒有感情基礎的愛情，缺乏安全感的刺蝟小姐絕不敢隻身犯險。

柴犬先生原本打算在大理待半個月，再來就要前往其他地方。

可是刺蝟小姐的出現，打亂了他所有的安排，他捨不得走，害怕一個轉身，臺上那個唱歌的女孩就變成一場幻影。

所以他改變了行程，繼續留在大理，每天晨起踏著如約而至的陽光去刺蝟小姐所住的民宿送早餐，知道她起得晚，就在樓下大廳裡乖乖等待。白天時，兩個人就騎單車去洱海邊，吹吹風。其實風

有什麼好吹的，還不是因為眼前的人啊，柴犬先生這種不懂浪漫的直男，在內心深處有點嘲弄自己的小小心思。

他能感受到刺蝟小姐對他不是沒有好感。但不知道為什麼，每當他想表白心意時，總是被刺蝟小姐成功岔開話題往別的地方去了。

那天，柴犬先生打算嘗試最後一次。

他出來的時間不短了，相信經過這段時間的接觸，刺蝟小姐應該有個答案了。如果對方同意，他甚至願意為了兩個人的將來索性來這裡工作，如果對方拒絕，那他也不會過分糾纏。

午飯過後，兩個人照舊開著玩笑朝外面走去，可能是那天陽光太好，刺蝟小姐在一旁不由自主哼唱起周杰倫的〈晴天〉，柴犬先生聽入了迷，怔了一陣子，開口說道：「我比較笨，不會說話。如果妳願意，我可以跟妳學唱情歌嗎？」

刺蝟小姐不客氣地回擊：「你天生五音不全，沒辦法。」

「可是如果我願意努力呢？」

「很多事情不是努力就可以。」

刺蝟小姐說完這話，沒有轉身就走，而是怔怔地盯著柴犬先生的眼睛看。不悲不喜，沒有任何情緒波動。柴犬先生努力嘗試從她的眼神裡看出隱忍或憐惜，卻一無所獲。

她的眼睛裡，真的沒有他。

原來，很多事真的不是努力就可以。

幾天後，柴犬先生買了回家的車票，他決定為自己的這份單戀

畫上句號。離開大理時，看著呼嘯而過的蒼山洱海，耳機裡放著萬能青年旅店的歌：「是誰來自山川湖海，卻囿於晝夜廚房與愛……」

#04

柴犬先生走的那天，刺蝟小姐沒有去送別。

她一個人走在路上，看著那麼多相似而又不同的面孔，偶爾在人群中看到個子高的男生會輕微恍神。其實她也不知道，不知道那個男生是否真的喜歡她，還是只當她是這個浪漫古鎮上的一段邂逅。

或許，他喜歡的就是我的歌聲吧，刺蝟小姐想。

或許，他只是心情不好來散散心，過段時間大家就忘記彼此了，刺蝟小姐想。

或許……

刺蝟小姐有些搞不懂，為什麼自己會這麼在意那個傻瓜，那個每晚送她回家，都要看她上樓才會安心離開的傻瓜。

記得多年以前，日子過得安穩又無聊，在家裡附近一家清閒的公司任職，刺蝟小姐每天都有大把無聊時光看劇、看電影。那個時候看了一部戰爭片，她非常渴望戰火紛飛的時代裡那種無處遁逃的愛情，炙熱、強烈、一觸即發，即便因為特殊年代而顯得格外心酸，可是那種堅定，本身就是無價而永恆的。

她覺得自己骨子裡是一個感性至上的痴情人，但不知道為什麼在愛情這件事上，總是十分謹慎。

後來刺蝟小姐在旅行中遇到過很多人，不是沒有人對她動心過，可真正說出那句「我喜歡妳」的，只有柴犬先生。

他們相識不過數月，但他清楚記得她所有的喜好和習慣她走路要走左邊，過馬路時總是莽莽撞撞；她有五百度的近視，不喜歡帶隱形眼鏡，所以她在唱歌時眼神總顯得那麼迷離；她不愛吃香菜，所以每次吃飯，他總會主動將香菜挑到他的碗裡……

刺蝟小姐在旅途日記中寫下：

所以，你知道嗎？我在愛情裡就像是一隻刺蝟。

我總嚷嚷說要浪跡天涯，卻不過是在尋找一個能落腳的家。

這個時代太快了，我害怕現代人的速食愛情，害怕分開，害怕淪陷，害怕我說好，而對方到最後卻只是敷衍。

所以，我在等。

我相信會有那樣的一個人，看穿我假裝的冷漠，撫平我內心的失望。

哪怕姍姍來遲，也要振振有詞。

#05

回到學校以後，柴犬先生開始準備畢業論文、參加離別聚會，和幾載同窗好友抱頭痛哭，這是他們最後一次能放肆地以青春之名去做任何事。

整個學校裡都是告白與告別。

他會在閒下來的空檔不自覺想起那個短髮女生站在臺上唱起歌

來的樣子。不知道她現在過得怎麼樣？有時候也會恍惚，覺得那些在大理石板路上並肩走過的夜晚，不過是一場夢。

刺蝟小姐的SNS有段時間沒有更新了，她本來就不是喜歡表達的人，除了偶爾在路上拍些過路孩子的笑臉，幾乎沒什麼新鮮事分享。

柴犬先生每天查看她的SNS無數次，每一次，看到她尚未更新的動態，都悵然若失。

看到柴犬先生失魂落魄的樣子，身邊好朋友忍不住來關心。

得知他在大理發生的故事，比較熟的學妹告訴他：「女生就是這樣，比起『我喜歡你』四個字，她們更相信行動。如果你真的喜歡她，就別放棄。」

最壞的結果，無非是她再告訴你一遍：「我不喜歡你」。

可是那又怎樣？萬一，萬一，她只是等你態度再堅定點，行為再成熟點，就接受你呢。

柴犬先生回想起自己和刺蝟小姐相處的時光，他能感受到自己在對方眼裡是不一樣的，但又實在想不出，對方為什麼拒絕他。或許是考慮到現實問題吧？看看這「畢業分手季」滾滾而來的離別氣息，不都因為大家覺得在現實面前，愛情不得不低頭嗎？

可是對柴犬先生來說，兩個人在一起，總得有一個人要努力向對方的生活軌跡靠攏。

如果你喜歡朝九晚五，我願予你歲月安好。

如果你喜歡浪跡天涯，我便陪你並肩走四方。

這天，刺蝟小姐在日記裡寫下：「下一站，我便不再等你了。」

今天是刺蝟小姐最後一次在小酒館裡演出。

許多熟悉的朋友都來到小酒館為她餞行。算起來，她在這裡待的日子蠻長了，比原計畫長很久很久。從六月到十月，她一直抱著某種不知名的期待。

可那個人沒有出現，或許有些人本就是一期一會的相遇吧。

關於大理發生的一切就留在這裡吧，她已經收拾好行囊打算去走滇藏線，然後再去尼泊爾。有些人、有些事，留在這裡的春日就好。

一曲完畢，滿座驚嘆。

刺蝟小姐背起吉他朝大家鄭重地鞠了一個躬，然後便大步往外面走去，卻聽到背後傳來那道熟悉的聲音：「欸！要不要跟我一起回石家莊，或者我留下來，等妳回心轉意教我唱歌。」

咦？什麼液體打落在手背上，好像外面下雨了呢。

刺蝟小姐回過頭，看到那個熟悉的身影就真真切切站在那裡，背景音樂不知道何時播放了一首滿大街都在放的熱門情歌，她噗哧笑出聲來，真是俗氣啊，可這麼俗氣的橋段發生在自己身上還是有種說不出的快樂。

東京、巴黎或安卡拉，哪都不重要。

此刻，刺蝟小姐只想回頭給柴犬先生一個擁抱。

如果愛情是一場賭博

我假裝我不喜歡你，
其實是害怕失去你。
我以為愛情是場可以躲得過的大雨，抬起頭，
卻發現命運是屋簷。

 硬幣小姐

> 她的選擇障礙不是一天兩天了。
> 一些不大不小的問題都可以靠丟硬幣解決。但遇到愛情，總不能
> 依靠「正面談，背面分」這樣的粗暴方式來對待吧。

有些人不談戀愛，是沒有遇到合適的人。

有些人不談戀愛，是困頓在自己的糾結裡，闖不出心魔的結界。

硬幣小姐是第二種。

天秤座的她不是沒有遇到過喜歡的人，但那些淺淺、稱不上熾熱灼人的好感，很快就會被她糾結猶豫的性格稀釋乾淨。

張懸在〈城市〉裡唱：「聊遍了所有萬千的臉色，還是在等一瞬間的心動。」

大概她就是在等那一瞬間的心動吧。

硬幣小姐遇見電梯先生的那天，是她最狼狽的一天。

剛剛到新公司就碰上產品上架，在公司裡忙完次日新品發表會的相關事宜，硬幣小姐才準備下班。收拾辦公桌時，疲憊之間，一個踉蹌不小心打翻了桌上的美式咖啡，米白色的大衣沾上大塊咖啡污漬，有種觸霉頭的感覺。

手機叫車APP上一直叫不到車，不斷顯示請稍後再查詢。

在大城市生活就是這樣的，一旦遇到雷雨、暴雪或刮大風等惡劣天氣，叫車就一輛難求，常常讓人哭笑不得。硬幣小姐脫下濕答答的大衣，決定趁著地鐵站還沒關，跑去坐地鐵。

「滴。」

電梯門開的瞬間，硬幣小姐對視上的那雙眼睛，有種說不上的微妙感。

硬幣小姐縮了縮毛衣袖口，有種奇怪氛圍。現在已經十點鐘了，整棟大樓空空蕩蕩，這個陌生男子是從樓上坐電梯下來的。新公司成員眾多，範圍包括這上下三層，很大可能性，這個男生是其他部門的同事。

因為太冷，硬幣小姐忍不住打了個噴嚏。

「抱歉。」在封閉狹窄的空間裡，打噴嚏這件事稍顯不禮貌，硬幣小姐向男子表達了歉意。男子笑笑，沒有言語。

出電梯時硬幣小姐才注意到這個男生個子很高，清瘦，白淨，溫和敦厚的臉龐透著介於稚氣和成熟之間的氣息，並不違和。

風吹起來，男生的風衣鼓鼓的。她走在他後面，好不容易脫離工作放鬆下來的神經，開始無聊又新奇的少女式腦補。

「喂，妳不冷嗎？先把我的衣服穿上吧。」電梯裡遇到的這個男生不知道什麼時候來到了硬幣小姐身邊，雙手攤開，上面放著自己的衣服。

出於對陌生人的警惕和客氣，硬幣小姐略帶詫異地回絕了對方。

硬幣小姐看著對方，在心裡和自己嘀嘆：「這人自己大冬天只穿件風衣也夠冷了吧，還讓給我穿，真奇怪。」

可電梯先生仍然堅持：「妳別誤會，我只是看妳穿的太單薄，容易感冒。男生嘛，畢竟比較身體強壯。」說完這話，他不好意思地摸了摸自己的頭，把衣服丟到硬幣小姐懷裡的同時，硬幣小姐把

自己的「小人之心」也一併丟棄了。嗯，眼前這個男生人還蠻好的。

那一刻，站在路燈下的他們影子拉長，宛若璧人，忽而落雪。

整個世界都寂靜了。

「嗨，你知道嗎？第一次見你的那個夜晚，外頭下了大雪。我到現在都不敢相信，人怎麼可以在一天之內，遇見這世上三件最美妙的事情。」

#02

有時候真的不得不感謝生命裡某些「倒楣或不如意」的時刻。

硬幣小姐常常想，如果那天沒有加班，沒有打翻那杯咖啡，沒有丟棄濕了的大衣，或許，這個男生僅僅就是人潮中擦肩而過的一個人。

不會像此刻，兩個人能有機會並肩往地鐵走去。

打開了話匣子的兩個人莫名其妙地被對方吸引了。硬幣小姐吐槽起這座城市惹人暴躁的交通，又忍不住開口稱讚那些藏在巷弄深處的私房菜館，撒上胡椒粉的炸魚塊，正宗的越南米粉，裝置在精美碧盤上的江南小點，咕嘟咕嘟冒著生命力的九宮格火鍋，一碗足夠撫慰孤獨的炸醬麵……硬幣小姐喋喋不休地列舉起著自己喜歡的餐廳，完全沒有注意到電梯先生的眼睛，是那樣純粹、專注、溫柔地注視著她。

這女生真有趣啊，這麼冷的天穿得很少，看起來溫吞恬靜的樣

子，一說話，就像在冬日裡撒下火種。

刺啦刺啦，往他心裡開了個口。

　　兩個人真的是在一個頻道上的同類，透過進一步交談，硬幣小姐得知他們竟真是同事！

　　男生外號「賭神」，是五樓技術部的工程師，硬幣小姐在三樓的營運中心。硬幣小姐很想問他外號的緣由，難不成是因為周潤發那部電影？但還是忍住了。

　　馬上就要到地鐵了，硬幣小姐有個大膽的想法，故意在路過時，假裝沒看到，繼續往前走。想不到身邊的男孩居然沒有揭穿她這蹩腳的演技。

　　就這樣，兩個人走了一站又一站，笑了一程又一程。

　　明明剛認識，卻覺得這個晚上像經歷過一個漫長世紀。硬幣小姐從沒覺得走路如此有趣，也從沒如此刻這般希望通往地鐵站的路途再遙遠一些，最好就讓時間靜止，白雪皚皚覆蓋成詩。

　　終於到了要分別的時候，硬幣小姐和電梯先生走進地鐵站。

　　臨上地鐵前，硬幣小姐脫下身上的衣服還給了電梯先生，她不知道他們能否再有這樣的機會親切懇談，但能擁有一小段短暫的流火情緣，都是她內心無比珍貴的寶藏。

　　小時候硬幣小姐看《巴黎野玫瑰》，裡面寫到：「我遇到過很多人，有人讓我發燒，我以為那是愛情，結果燒壞了所有。有人讓我發冷，從此消失在生命裡。有人讓我覺得溫暖，但僅僅是溫暖而

已。只有你讓我的體溫上升了 0.2 度。」

從未相信過愛情的硬幣小姐，第一次真真切切感受到那 0.2 度的力量，是如此灼熱，而又漫不經心。

硬幣小姐要上地鐵之前，電梯先生卻和她揮揮手，一邊往出口方向走，一邊說：「我原本就不坐這班地鐵，只是擔心一個女孩子走夜路。我走了，妳要好好的。」

妳要好好的，這五個字怎麼聽，都不是對一個陌生人說話的感覺。

硬幣小姐忍不住笑了。車門關上。

可是，笨蛋，這班車也不是通往我家的呀。

#03

硬幣小姐覺得自己真的蠻蠢的。為了和剛認識的男生多說一點話，竟然坐上一趟並不通往自己家的地鐵。回家路上硬幣小姐自己都快笑出聲來。

那天晚上，硬幣小姐夢到這一切都只是自己幻想出來的，急得從夢中驚醒。

結果發現，通訊軟體裡有個好友申請的通知。

是他，他從公司大群組裡找到了硬幣小姐。他的頭像是一隻哈士奇，萌蠢萌蠢的，倒是符合他的氣質。硬幣小姐疑惑自己這是怎麼了，想到他，總想笑。

接下來的故事並不難猜。電梯先生和硬幣小姐互加了好友，開始和她玩起捉迷藏的遊戲，他總是不經意地出現在她面前，在公司的茶水間，在地下一樓隔著許多排座位的員工餐廳，在部門老大的生日聚會上，越來越多的同事似乎都感受到了他們之間的微妙反應。

不知道為什麼，越是靠近，就越是想要逃離。硬幣小姐真的很喜歡和電梯先生在一起聊天的感覺，可是總覺得彆扭，辦公室戀情，在她的計畫之外。

硬幣小姐曾經談過一段戀愛，在她還是實習生的時候。

對方是同一個公司的視覺設計師，兩個人從最初忐忑甜蜜的地下戀愛，到後來硬幣小姐想要公開戀情，遇到了很大的阻礙。男生總以各種理由推托，比如主管不喜歡辦公室戀情，比如公開之後萬一影響工作怎麼辦，比如苦口婆心勸導硬幣小姐，妳還在實習，讓別人知道了，會誤解妳。

能有什麼誤解呢，硬幣小姐不解。

直到她無意中得知對方其實早就結婚的消息後，她才明白，原來自己不過只是個笑話。那張充滿謊言和欺騙的嘴，也曾密密地吻過她，信誓旦旦說要和她天長地久。

受過傷的人，都有個硬殼。

所以後來硬幣小姐遇到任何喜歡的人，都變得患得患失，並非不相信愛情了，只是缺乏了那份篤定和信心。

我所有的逃離都來自於我的渴望，

我所有的不在意都來自於我的過於緊張，

我所有的英雄氣概都來自於我內心住了個小孩，

我所有的懷疑都根植於相信，

我所有的膽怯都在掩飾我的熱情。

我假裝我不喜歡你，其實是害怕失去你。

我以為愛情是場可以躲得過的大雨，

抬起頭，卻發現命運是屋簷。

每天下班，電梯先生都會在樓下等硬幣小姐，送她回家。

有時硬幣小姐忍不住就會和他一起走，有時想到許多顧忌，反倒覺得疏遠是好事，畢竟是公司，走得太近總歸是不合適的。就找藉口說臨時有事，然後看著男生的背影孤單單地向前去。

電梯先生能感受到，硬幣小姐對他不是沒有感覺，但不知道為什麼，她總是忽近忽遠讓人難以捉摸。

為了了解硬幣小姐，他翻遍了她所有的SNS文章和照片，還偷偷買蛋糕「賄賂」和硬幣小姐相熟的同事打探消息，始終以得體的方式，默默對硬幣小姐好。

他相信，人心就像暗處的QR Code，只要光源夠強就能掃得開。

#04

硬幣小姐的選擇障礙不是一天兩天了。

去麵包店，她會糾結要買哪個口味的麵包。出門穿衣服，會在衣櫥前徘徊至少半個小時。週末的閒暇時光，她會被瀏覽器首頁五花八門的推薦影片逼到絕境。好在，這些不大不小的問題都可以靠丟硬幣解決。

但遇到愛情，總不能依靠「正面談，背面分」這樣的粗暴方式來對待吧。

時間久了，硬幣小姐能感受到，電梯先生對她是真心的。而且她也無法欺騙自己那顆因想念而焦灼的心。

身為工程師的電梯先生雖然沒多少浪漫細胞，卻十分細膩。在硬幣小姐過生日那天，他帶她去了公司附近的一家湘菜館，是她的家鄉菜。

他記得硬幣小姐曾經說過，想要了解一個人，就要了解她的家鄉，所以他找到這家著名的湘菜館，希望能夠在味蕾上幫助硬幣小姐找到「家的味道」。

那一碗農家小炒肉端上來時，硬幣小姐還沒什麼感覺。

可當明白男生的用心良苦之後卻無法抑制地紅了眼眶，食物和情緒，本就是一體的，都是極其富有感染力的存在。就這樣，硬幣小姐終於答應和電梯先生在一起了。

什麼是幸福呢？用六個字形容：有你在，夜還長。

可是快樂並沒有持續很久。

當天晚上，男孩就在SNS上發了一張他們的合照，配圖是愛心表情，意思不言而喻。被甜蜜包裹著的硬幣小姐，躺在床上都覺

得是做夢，結果在滑SNS時發現了他們的一個共同好友，是公司同事，在底下留言：「賭神，不愧是賭神，拿下了妹子該請我們吃飯了吧。」

硬幣小姐咯噔一下，害怕到手的幸福，不過又是一場笑話。

他們為什麼叫電梯先生賭神呢？

硬幣小姐之前聽同事說，是因為他非常喜歡和別人打賭，而且往往贏的機率很大，所以才得此外號。

那會不會這場所謂的「戀愛」又只是都市愛情裡的一場賭局？

硬幣小姐不敢再想下去了。

#05

硬幣小姐如此揣測，也無可厚非。

畢竟在現代的速食愛情面前，看一眼照片，道兩天晚安，來三次偶遇，就喜歡上了。說起來他們的愛情並無太多過往交換當作基礎。

大家不都是這樣嗎，多情又冷酷。

喜歡的時候要死要活，不喜歡的時候乾淨俐落，緣起緣滅，好似泡沫。那些輾轉反側的夜晚，最後可能只是單純因為一個眼神，一則發文，就在殺伐中倒戈相向。

胡思亂想了一晚上的硬幣小姐，最終決定當面和電梯先生問清楚。如果一切只是他和同事之間的賭局，那麼，就到此為止吧，把

真心當遊戲，是這個世界上最愚蠢的行為。

次日，硬幣小姐衝到五樓技術部，把電梯先生拉到走廊，主動出擊：「你追我，是不是因為打賭？」

「是。」

他居然承認了，硬幣小姐氣得渾身發抖：「幼稚，無良，騙子！」

「我的確和同事打了賭，一定要追到妳，然後追到了。」

「呵，要是沒有追到呢？」

「那就一直追下去啊！」

「啊？」

「就算追到賭約失效，我都要和妳在一起。」

男生倚靠在走廊的牆壁上，嘴角掛起狡黠的笑容，她還真是笨啊，誰會因為一個賭局去對一個人那麼好⋯⋯

事實上，所謂的「賭局」只是同事間的玩笑話，他當初那樣和同事說，只是擔心硬幣小姐直白地拒絕他，這只是一個還不夠成熟的男孩想要保護自尊心的一種方式。

可是他從來沒有把愛情當遊戲。

成年人談個戀愛太不容易了，辦公室戀情更是不簡單，和硬幣小姐說清楚，又誠懇地道完歉以後，兩個人終於步入正式的「戀愛階段」。

現在，硬幣小姐和電梯先生在上班時很少見面，只在下午休息時間偶爾兩個人跑到樓下的咖啡廳小坐一下。

在公司，兩人盡量避免公開曬恩愛。倒是日常生活中，兩人會

不辭辛苦地相約跨越大半個城市去看Live house現場音樂表演。硬幣小姐依然遇到事情就選擇障礙，但現在她有了可以商量的人，而電梯先生比起從前的莽撞行事，開始在選擇時學會沉心思考。

辦公室戀情又怎麼樣？這個世界上比這複雜艱難的愛情太多了，唯有赤誠，值得堅持到底。

那些沒能在一起的人，就是不夠喜歡。那些沒能去到的遠方，就是不夠迫切。那些沒能抵達的人生，就是不夠用力。

韓劇《今生是第一次》裡有句臺詞：「心不是搶奪和抓住，而是一顆心走向另一顆心。」換句話說，談戀愛嘛，唯一的公式就是「用心」。

如果把真誠和勇氣當作賭注，愛情本身就是一場切磋。

硬幣的兩面都是好結果。

贏了，你歸我。

輸了，我把自己賠給你。

除了愛你，
我沒做過一件像樣的事

中藥裡有味俗氣的藥你一定吃過吧，它叫穿心蓮。
味澀、微苦，初嘗起來並不討喜，
卻又偏偏擁有清熱、解毒、消炎、鎮痛多種功效。
你可知道，它還有一個名字？
叫「一見喜」。

♡ ○ ▽   • • • • •   🔖

  火柴先生

> 所有人都看得出他對她不一般，可是他就不採取實際行動，不表白、不熱絡，默默守護在對方身邊。
> 他堅信，滴水穿石，總有一天，那個人的心會融化，會回頭看到自己。

#01

　　石頭小姐在廚房裡為朋友們製作沙拉,沿著牆壁上的相框一路蜿蜒看下去,這牆照片幾乎盛滿了她整個青春期。

　　八歲的石頭小姐夏天在院子裡吃西瓜。

　　十三歲的石頭小姐穿著寬大的制服在教室裡亂跑,揚著拳頭,一臉的明媚與無畏。

　　十六歲的石頭小姐是炙熱的,運動會上跑女子三千公尺,晃蕩的馬尾用力拋甩出光陰的愚鈍模樣。

　　二十三歲的石頭小姐,失戀,在喜歡的歌手的演唱會門外,抱著膝蓋,痛哭流涕,眼影和睫毛膏模糊成調色盤。

　　二十五歲的石頭小姐一個人跑去印度的粉色之城齋浦爾,站在山頂處,拍下萬家燈火累積起來的孤寂。

　　摸到走廊盡頭那張婚紗照,上面的石頭小姐,笑得莊重又如釋重負。果然啊,不管什麼性格的女孩子的結婚照上,臉上都有相似的幸福紋路,哪怕這幸福背後是無數次與命運的狹路相逢。

　　但,真心總不會被敷衍。

　　這些照片在不同地點、不同時間拍攝,仔細看會發現每一張照片裡都有同樣的他,或沉默,或偷笑,站在石頭小姐身後。

　　他就是故事的男主角,火柴先生。

在過去那些年裡，火柴先生卻只是石頭小姐生命中無足輕重的過客。

兩個人出生在同一條巷弄裡，上過同一所中學，擁有重疊的好友圈，關係始終不好不壞。石頭小姐從小頑皮，是整個街區裡舞刀弄槍爬樹翻牆的好手，既有幾分黃蓉的俏皮，又有幾絲小東邪郭襄的俠氣，最喜歡打抱不平。火柴先生恰恰相反，溫吞、膽小，是大人眼裡的乖乖資優生。

每次闖了禍，石頭小姐的媽媽總會拿火柴先生舉例子，瞧，別人家的孩子怎麼就那麼聽話。所以，石頭小姐對火柴先生從小沒有什麼好印象，只記得，他笑起來傻傻的。

每次看到火柴先生，石頭小姐都忍不住瞪對方。

他看了也不生氣，只是摸摸後腦勺露出傻笑，然後石頭小姐就會騎著自行車吹著口哨，與他擦肩而過，逍遙而去。

當然，她並不知道這個呆頭鵝的內心，此刻正翻江倒海。

火柴先生自幼喜好看書，他想起《百年孤獨》中奧雷里亞諾問何塞・阿爾卡蒂奧的一個問題，情愛是什麼感覺？

何塞・阿爾卡蒂奧回答：「像地震。」

從前讀到這句話，火柴先生只覺得誇張。

可是那天黃昏，火柴先生看著石頭小姐騎車遠去的背影，只覺得天崩地裂，大腦一片空白。

#02

　　其實石頭小姐和火柴先生的故事很像那種青春小說，兩個人既算青梅竹馬又算「最熟悉的陌生人」，在密密麻麻的舊時光裡，石頭小姐幾乎成為火柴先生的青春代名詞，而在石頭小姐的印象裡這人最多只是一個普通鄰居或同學。

　　石頭小姐挨罵的夜晚負氣離家出走，他得知消息，便會一條巷子一條巷子去找。

　　知道石頭小姐哪天是值日生負責打掃教室，他會早早起床，悄悄去學校替她打掃乾淨。

　　在學校的才藝表演晚會上，只有他把匿名票投給了唱歌走音的石頭小姐。

　　每當家裡的大人聊天時提到淘氣包石頭小姐又到哪去做壞事，打破了誰家的玻璃，替誰誰誰出頭打了架，一旁做作業的他，都忍不住低頭抿嘴笑。

　　有時候，火柴先生也會和附近的鄰居朋友一起玩耍，他總是最安靜的那個，不說話，靜靜待在旁邊，趁沒人注意偷偷盯著石頭小姐發呆。偶爾，石頭小姐感覺到一種奇怪又炙熱的目光，潑灑在自己身上，扭頭看，卻只見眾人喧嚷，沒有什麼特別的。

　　我無數次與妳保持距離，不過是害怕被妳揭穿祕密。

　　對火柴先生來說，只要能夠陪在她身邊，就夠了。

火柴先生就這樣默默暗戀了石頭小姐好多年，連朋友的身分都不是。只是一個路人，一個鄰居，一個不怎麼熟的童年玩伴。

　　只是考大學那年，石頭小姐頭一次注意到了他。說來奇怪，明明火柴先生的考試成績比她好很多，怎麼會和自己一樣進了所不怎麼樣的私立學校。聽說為了這件事，火柴先生的爸爸媽媽責備了他很久，不過，這和她又有什麼關係呢？石頭小姐為自己的瞎操心覺得莫名其妙。

　　上了大學以後，石頭小姐彷彿打開了另外一個世界。

　　從前的活潑、調皮、愛做一些有的沒的，大人眼裡那些「沒用的作為」，到了這裡，竟然很快成為她的「圈粉利器」。她喜歡玩滑板和打籃球，閒暇時間還加入了學校裡各種好玩的社團，她的初戀，是熱舞社的一個男孩。

　　兩個人一見如故，感情迅速升溫，羨煞旁人。

　　火柴先生在學生餐廳裡撞到他們時，下意識想躲。不料，石頭小姐拉著男朋友大大方方走過來，主動打招呼：「這是我鄰居。」

　　短短五個字，就概括了他們的過往。

　　火柴先生有些失望，對啊，對她來說，他就是一個普通鄰居而已。可那又怎樣，她開心就好。

　　火柴先生很快就釋然，更大方地朝他們微笑，然後轉身離去。

　　沒人知道，他當初為什麼要選擇這所學校，明明以他的分數可以上頂尖大學。他因此和家人大吵了一架，從小就是父母眼裡好孩子的他，竟然自甘墮落。很長一段時間裡，他們的關係都沒有修復。後來，他和父母解釋了很久：「因為我想讀的科系比較新，只

有這個學校有開課。」

　　當然，還有一個沒有說出口的原因，他想離自己喜歡的女孩近一點。雖然很傻，但是他從未後悔過。

　　喜歡一個人，有千萬種方式。
　　而我選擇遠遠觀望你的笑容，
　　又何嘗不是靠近幸福的一種方式。

#03

　　如果，我是說如果，故事到這裡戛然而止，我相信以火柴先生的心性，他會坦然放手，會壓抑著那份心動往前去。若干年後，兩個人重返故鄉，或許會在幼時的巷弄裡，相視一笑，然後挽著各自伴侶的手擦身而過。

　　你有你的錦繡良緣，我有我的佳人在旁。

　　不會有任何人知道你曾在我心裡住了好多年，而這樣的結局，正是世間大多數男女的情感歸宿。

　　可偏偏，石頭小姐和男友戀愛的第二年，對方就劈腿了。

　　說劈腿可能有點嚴重，但石頭小姐那樣清高、驕傲的人看到男友手機裡的曖昧訊息，還是忍不住炸了鍋。暴跳如雷的石頭小姐找到男友，希望對方能給她一個合理解釋，卻換來對方的一句：妳愛怎麼想就怎麼想吧。

變了心的人連冷漠都理直氣壯。全然忘記那天，是他答應石頭小姐去看演唱會的日子。

石頭小姐是個五月天迷，這兩張票是她半年前凌晨時分守在電腦前上網搶到的，為的就是在現場聽阿信唱一首〈溫柔〉。傳說，一起聽過這首歌的情侶，就算分開，也會牢記當初相愛的時光。

可現在呢？

石頭小姐走出演唱會門外，最終慢下了腳步，她不想把自己的眼淚掉在萬人中央。

「要哭也要找個沒有人的地方。」看到這則發文時，火柴先生正躺下準備睡覺，得知石頭小姐的遭遇後，他硬是纏著舍監好久好久，懇請他放自己出去。

當火柴先生在演唱會門口找到石頭小姐時，她臉上因為流淚而糊掉的妝容彷彿彰顯著她的挫敗與無能。見到火柴先生，她並不高興，只覺得丟臉。

怎麼這個人總是出現在她最狼狽的時候啊？

回想起來，好像從小到大每一次倒楣，都剛好遇見他。

逮到機會發脾氣的石頭小姐自然不會放過火柴先生，拗了他一頓豪華燒烤，然後喝著啤酒開始哭訴自己的倒楣情事：「這可是我的初戀啊，初戀啊！你知道初戀是什麼感覺嗎？就是……」

後來石頭小姐再回想當天晚上發生的事情，卻什麼都記不起來。

總之，第二天醒來就在宿舍了。

而另外一邊，火柴先生卻久久難眠，他把石頭小姐背回了宿舍後，滿腦子都是石頭小姐紅著眼逼問他「初戀是什麼感覺」的樣子。

「妳真傻，我的初戀就是妳啊。」火柴先生只敢在心裡回答她的問題。

#04

從那之後，石頭小姐就沒再談戀愛了。

經過一番戀愛的折騰，向來懶惰不思進取的石頭小姐突然迷上了讀書。不是那種背課文整天待在圖書館的讀書，而是向著自己喜歡的領域，慢慢努力。

她喜歡旅行，就要好好學英語。

這是火柴先生對她說過的話，現在的他們，已是好友。自那晚以後，石頭小姐才注意到，過去那個呆頭鵝其實蠻有想法的，而且為人熱心，做事可靠，仔細看……嗯，長得還蠻順眼的。

而火柴先生，還是老樣子。所有人都看得出他對石頭小姐不一樣，可是他就不採取實質行動，不表白、不熱絡，默默守護在對方身邊。

他堅信，滴水穿石，總有一天，那個人的心會融化，會回頭看到自己。

從畢業到工作，石頭小姐和火柴先生依然沒有進展。

石頭小姐終於成為了一名國際領隊，夢想不似想像中那般斑斕，飛機延誤或者所帶的團臨時有人走散，各種烏龍都被她遇到過。總體來說，還算順利。感情方面並不是一籌莫展，喜歡過幾個人，寥寥幾筆，就被撲面而來的現實掩蓋下去。

她覺得自己很奇怪，不管面對誰，腦子裡都是那個人那個永遠站在她身後，又從不多言語的火柴先生。

還沒來得及理清思緒，身在印度齋浦爾的石頭小姐就接到了母親的病危通知。彼時，她所處的小鎮恰巧遇到交通管制，所有旅行團都延期回國，被迫留在當地，一時半刻飛不回國內。她想盡了辦法溝通，當地旅遊局都無動於衷。

當她趕回家時，在葬禮上幫忙的是火柴先生。

她不知道該怎麼形容當時的感受，即便再多人安慰她，母親是去了另一個極樂世界，她都難以接受。母親的離去彷彿瞬間抽走她半個人生，她的喜怒哀樂，她的少女情事，她和母親鬧彆扭時的小心思，她和母親所共築的祕密花園，全都崩塌了。

「我再也吃不到媽媽做的三鮮餛飩了。」

「她還沒有看到我結婚，怎麼能走呢。」

「這個世界上最愛我的人走了，不會回來了，永遠不會回來了。」

石頭小姐哭倒在火柴先生懷裡，只想抓緊，最後一點點溫度。

　　母親去世後的很長一段時間，石頭小姐都難以接受這個事實。她向公司請了長假，搬回家裡住，日日在閣樓上摩挲著母親生前留下的東西。

　　火柴先生也回家了，說是研究所最近不忙。

　　但明眼人都知道他是害怕石頭小姐想不開，便回來陪著她，像小時候那樣，偷偷躲在她家門外徘徊，或從自己的房間望向斜對面的屋子。只有看著石頭小姐臥室的燈熄滅了，他才能安心睡去。

　　過了一段時日，玉蘭開花的時節，火柴先生試著拖石頭小姐外出散步。

　　這個城市的春，是微醺的，像是醉了酒的離人，遠行歸來，帶回一樹一樹的花開。

　　公園裡很熱鬧，鬆軟的草地上，躺著幾個小孩嘰嘰喳喳說個不停。旁邊的孩子王會招呼他們起身一起玩，石頭小姐看得笑出聲。終於笑出聲，在母親走後的第三個月。

　　她想起自己小時候也是這樣，不講理，喜歡帶著大家到處玩。

　　「咦，那個時候你在幹嘛？」石頭小姐好奇道。

　　火柴先生回想起來，小時候大家一起玩耍，他永遠是被忽視的那個。因為不愛說話，所以沒有小朋友會帶他玩。甚至，久而久之沉默寡言的他還成為大家的欺負對象。有一次，在附近幾個孩子揪著他的書包不讓他回家，罵他不出聲就是個沒用的傢伙，被恰巧路

過的一個梳著雙馬尾的小女孩叉著腰給罵回去了，說完以後那個女孩轉過頭對他說：「不怕，以後我罩你。」語氣豪橫壯闊，像個女俠，讓小男孩好不佩服。

從那之後，女孩的身影就定格在了他的腦海裡。

石頭小姐似乎想起了什麼，她小時候，的確救過很多鼻涕蟲。但實在想不起來，火柴先生是其中的哪個。想了很久她終於憋出一句話：「啊！你是不是個子比我還要矮一個頭的那個呀！」

火柴先生不好意思笑了。

「所以你從那時候開始，就喜歡我了嗎？」石頭小姐眼神裡充滿狡黠。

「雖然妳脾氣很差，性格又硬，從小到大都是瘋瘋癲癲的樣子……可是我見不得妳難過，見不得妳皺眉頭。可能，是被妳下蠱了吧。」

石頭小姐翻個白眼：「你這個人，怎麼表白都像罵人啊！」

#06

三年後，石頭小姐和火柴先生終於要結婚了。

他們的喜帖上畫著一塊石頭和一根火柴，笨笨的、傻傻的。

這種無厘頭的創意不知道他們是怎麼想的，有朋友隨口一說：「這還不簡單，石頭和火柴，不就象徵著火花四射嘛。」

每個人學語言時都習慣性先學「我愛你」，天知道，愛情不是靠嘴實現的。我們站在現實的兩端，隔海相望，隔山相邀，一個人

想要走到另外一個人的心裡去，得花多大的力氣才能身體力行地拼出「我愛你」。

這樣說，確實有道理。

但我更願意相信第二個版本：石頭和火柴本是毫不相干的兩樣東西，但只要讓它們撞到一起，就能產生巨大能量。不僅僅是愛情，還有超越時間的信念。

歲月太長，光陰太短。

唯有你在，才剛剛好。

愛沒愛過，胃知道

你有沒有一種感覺？太美好的東西，往往叫人想躲避。
而最想靠近的那個人，
壓在沉默的理智裡，滿是褶皺，
都不敢上前說一句話。

　　　　　• • • • •

　火鍋先生

> 你比我大七歲，曾經有過未婚妻，在結婚前夕對方選擇不告而別，
> 從此你變得對愛敏感多疑。
> 她留下訊息，說明原因：恐婚。
> 但你知道真實原因，她不是恐懼和你結婚，只是恐懼和貧窮結婚。

#01

　　我從來沒想過，把與你有關的故事寫出來。

　　以第一人稱。

　　大家都知道，寫故事的人總是習慣真真假假、掐頭去尾地把自己的心思縫進情緒的被套裡，有時針腳不穩，顯得拙劣。所以，我決定還是掏出那些回憶的棉絮，壓平、晾乾、剝開，正經講給你們聽。至於幾分真幾分假，也不必費心猜測。

　　你也別問我結局為何會變得狼狽，愛原本就昂貴。

　　老實說，我一直不清楚自己到底有沒有真正喜歡過你，那種赤誠的、不假思索的喜歡。

　　直到我出差去你的城市那座我曾發誓再也不會去的城市。在那裡吃火鍋，我習慣性地拿了沙茶沾醬。

　　朋友問我：「咦？妳以前不是都吃胡麻醬嗎？」

　　是啊，我是從什麼時候開始不吃胡麻醬了。

　　我也不知道。

　　在愛情這件事上，身體有時真的比腦袋要更直覺。皮膚會記住擁抱時的溫度，耳朵隔著人潮可以分辨出腳步聲，鼻子能嗅得出你今天白襯衫的味道是鋪滿了陽光還是撒上了鹽。

　　而人類對食物的忠貞勝過對其他的一切，一旦依賴，就很難戒掉。

愛沒愛過，胃知道。

那一刻，坐在熱氣騰騰的火鍋面前，我的眼淚順著回憶的軌跡，決堤而出。

#02

出於方便，就叫你火鍋先生吧。

我們認識的時機不算太好，你比我大七歲，曾經有過未婚妻，在結婚前夕對方選擇不告而別，從此你變得對愛敏感多疑。

她留下訊息，說明原因：恐婚。

但你知道真實原因，她不是恐懼和你結婚，只是恐懼和貧窮結婚。

你和前任的故事聽起來很像小說吧。但某個瞬間，我特別感謝那個女生，如果不是她對未知婚姻生活捕風捉影般的忐忑與猜忌，那我可能永遠不會認識你。

我們的第一次見面還算有趣。

因為感情生活受挫，你來我的城市散心，我是在一間二手相機店見到你的。因為喜歡攝影，我三天兩頭就會跑去那家店。其實我不懂什麼器材和型號，只是挑著模樣好看的，一個個拿起來試試。你的臉，就那樣突兀出現在我的觀景窗裡。

那是一張略微有些顆粒的臉，白淨中透出凜冽。

眼神和我以往單純心動過的奶油小生不一樣，深邃、茫然，彷

彿蒙著層霧氣，卻在下一秒笑起來時自然過渡成溫和狀態。

你問我，是不是也喜歡底片相機？

我說，是。

我喜歡底片相機，喜歡舊時老人家便宜的香草捲菸，喜歡把無法再穿的衣服裁剪縫製成杯墊或者手提袋，我這個人啊，不知道為什麼總是對可以追溯源頭的物品有種沒來由的好感。

底片相機最珍貴的，是一幅底片只能拍一張照片。

既代表瞬間，也代表永恆。

不像手機，拿起來，拍拍拍，萬花叢中挑不出一個天然可愛的表情。

你聽完我的解釋哈哈大笑，可能覺得投緣，就順手加了我好友，說之後如果有合適的相機推薦給我。我們的相識和身邊所有路人一樣普通到極點，沒什麼新花樣。

出門後，也沒有再刻意並肩走路，打了個招呼便分開了。

但看著你的背影，我莫名地覺得，這不會是我們最後一次見面。

#03

你有沒有一種感覺？太美好的東西，往往叫人想躲避。

最渴望的那件玩具，只能擺在櫥窗裡。最漂亮的那件連身裙，連試的勇氣都沒有。最讓人心癢的電影，每次距離大結局還有五分鐘，我就充滿遺憾，恨不得讓時光倒回到電影開場時。

而最想靠近的那個人，壓在沉默的理智裡，滿是褶皺，都不敢

上前說一句話。

　　自從和火鍋先生見面後，我就很想在通訊軟體上和他說話。

　　可是腦子裡那根弦繃得緊緊的，不斷提醒自己，別去招惹不該有交集的人。潛意識裡，我期待著與之發生聯繫，卻又害怕那份心意在現實的撞擊下七零八落，連自尊的軀殼都收不回來。

　　沒想到幾天後，他會先傳訊息給我。

　　說他回家了，心情有所好轉，還把他在老巷弄裡拍的照片傳給我看。

　　一來二往，話多了起來。

　　我知道他是一家食品公司的包裝設計師，賺得不多，手裡的餘錢都拿去玩攝影了。

　　和我一樣，火鍋先生對食物也有十足的熱忱。我愛食物驕傲豐盈的內裡，他愛食物未拆開前的那份矜持與等待，他手機裡，還存了很多誘人的好吃的食物照片，都是他自己做的。

　　說將來有機會做給我吃。

　　那段時間，我們聯繫非常頻繁，那種站在路燈下打很久電話寧可忍著被蚊子咬也要一起隔空看溫柔夜色的小竊喜，他在南方，我在北方，每天最珍惜的就是下班後，耳朵裡響起的親切呢喃。

　　愛情開始時，看似無跡可尋，又四處露出馬腳。

　　我是一個非常不喜歡拿手機聊天的人，卻願意每晚對他喋喋不休。

我和所有人都說我們只是普通朋友，卻在心裡偷偷祈禱抹掉這層關係。

我明明以前是個很迷星座的人，遇見他，學會安慰自己：其實所有的八字不合都是對號入座。沒什麼好在意的。

年紀大不要緊，反正我也會老去。

距離遠無所謂，大不了從此做個空中飛人。

唯一重要的，是你喜不喜歡我。你要是不喜歡我，我相信自己也能生活的很好，可你要是喜歡我，那我一定會努力再努力地和你在一起，好好生活。

#04

其實我有問過自己，如果我們真的在一起了，接下來該怎麼辦。

當時的我能想到的最佳解決方式，是好好享受當下，不管以後。我光想著讓你喜歡我就可以，完全沒有考慮到，每份遠距離戀愛背後的付出與踟躕。

我能感受到，你對我是有感覺的。

不敢用感情這個慎重的詞，感覺，是一定有的。

但不知道為什麼你卻從來沒有說過「我喜歡你」這四個字，你對我道晚安，唱品冠的老歌，買口紅和糖果，寫信給我。我過生日那天你飛來找我，你送我最喜歡的白色滿天星，一大束，我抱在懷裡，開心又委屈。

你什麼都做了，唯獨不說喜歡我。

我有想過放棄你，再也不要理你，但總是被你無意中的一句話撥動心弦。

那是兩年前的夏天。

你傳訊息對我說不開心。

我問：你怎麼才能開心？

你說：怎麼都不開心。

我說：讓你變有錢呢，有錢就開心了。

你說：有錢也不開心。

我說：讓你變帥吧，變帥有漂亮女生追就開心了。

你說：漂亮女生也不能讓我開心。

我再問：那你怎麼才能開心呢？

你說：妳過來，讓我牽一下手就開心了。

我翻個白眼說：你有病！

更有病的我，當下立刻訂了第二天早上去找他的機票。

那年夏天，我工作幾近飽和，除了忙公司的事，每晚回去還要寫書稿和專欄。那天晚上忙完已經凌晨了，屋漏偏逢連夜雨，洗澡時家裡停電了，我摸著身上沒沖乾淨的泡沫，拿毛巾一點點擦乾淨。

那點呼之欲出的少女心，在暗夜裡熠熠生輝。

第二天出現在你面前的我狼狽極了，頭髮上被殘留的護髮素糊成了一片，油膩膩的，很醜。你只是笑一笑，問我，想吃什麼。像

個熟悉的老朋友。

其實，我本來想吃你做的飯的，可又覺得只有一天時間，做飯太浪費時間了，隨便走走路，說說話，也是好的。

你帶我去了當地很有名的一個景點，像極了宮崎駿動畫《神隱少女》裡的場景。站在高樓處吹著風，你和我講起自己的童年，學生時期，打過架的兄弟，甩了你的前女友，以及每個月壓力很大的房貸。你看起來很悲觀，說不知道那個充滿負擔的房子，什麼時候能有個明快的女主人。

我對你說，會有那樣一個女生出現的。

在心裡說，但不是我。

海底月是天上月，眼前人是心上人。

向來心是看客心，奈何人是劇中人。

那一瞬間，我突然明白你為什麼不開口告白了，或許，和我的理由一樣吧。到底是沒有勇氣橫跨這現實的種種鴻溝。有些話，說了，又能怎樣呢？

我聞到不遠處飄來的辣椒香味，勾魂似的，就一起走了過去。

我從來沒有吃過那麼好吃的火鍋。不知道是因為山城的紅湯太撩人，還是坐在身邊的你太迷人。

你替我調好了一碗沙茶沾醬，遞過來，慫恿我試一試，在那之前從不吃沙茶的我原本是想拒絕的。可那一刻，我鬼使神差接了下來，從此，吃火鍋再也離不開沙茶沾醬。

　　我和火鍋先生有過在一起的機會，不止一次。

　　大半年裡，我們兩個有時間就來來回回飛了很多次，每一次，我都覺得應該要戀愛了。但始終是以朋友的名義，看望彼此。

　　感情最怕的就是拖著。回想起來，其實我們留下的回憶蠻多的。

　　坐在街頭看街拍美女互辯哪個最好看；在人來人往的公園並肩散步；去動物園近距離看大熊貓，出來後覺得網路上的可愛GIF圖都是騙人的；還去山城十二點過後的古鎮，路過名叫「一雙繡花鞋」的恐怖片同名店鋪時，我故意嚇你，卻不小心摔倒，是你拉住了我的手。

　　瞧，一切多美好，但每當提到關鍵問題，我們都緘默不語。

　　火鍋先生是三代單傳，家裡只有這一個孩子，父親身體不好，不可能離開家裡。而我，工作、朋友、夢想，幾乎全都在那個大城市裡，要我離開那裡，宛若斷我手臂。

　　我們喜歡彼此，但我們更喜歡自己。

　　所以在決定和火鍋先生告別那天，我問自己，這樣的感情，稱得上愛嗎？

　　我不知道。

　　前陣子有部評價很差的電影上映，只是因為它的部分取景地在火鍋先生所在的城市，我就去看了。電影裡那些場景火鍋先生都帶我去過，甚至，我還能想起，當時的他是以什麼樣的表情和我在陽

光下走過那些路。

　　電影散場，我在SNS上發了則狀態：

你是我終於釋懷的祕密，

你是我無處可尋的記憶，

你是我背道而馳的歡喜。

　　就著電影好好道了一個別，再見，那個有你的城市！再見，火鍋先生！

　　距離這段感情如今已過了好幾年，重新回頭再看，我問自己，遺憾嗎？遺憾，但人生中我們會遇到很多很多人，並不是每一個都能陪你走到最後。

　　我不會寫暖洋洋的愛情，只會寫冷冰冰的消亡。

　　千辛萬苦的愛，不就是為了最後無畏的離開嗎？

　　我曾經有過無數次衝動，寫下這段沒頭沒尾的故事，但總覺得還不到時候。

　　直到今夜，我想出門去吃火鍋，卻又丟下了手裡的包包。

　　人人都覺得，吃火鍋時最快樂，可大快朵頤後，出門被漫天霧氣滲進骨子裡的孤獨，又有誰能輕易撫平消除。

喜歡一個人，就是要為他花錢呀

某些時候，
我們不是真的多在意物質，
只是想用這種方式告訴某個人，
我在。

♡ ◯ ◁　　　• • • • •　　　🔖

 泡芙小姐

她就像一瓶在盛夏冰櫃裡等待某個人帶走的氣泡飲，永遠鬥志昂揚，永遠冒著涼涼的冷氣，自告奮勇地去安撫那些燥熱的靈魂。毫無疑問，她最大的特點在於有「治癒能力」。

人長大了，真的很難再妥協去愛一個人。

我想你也一定深有體會吧？不是沒有心動的時刻，不是看破紅塵視愛如敝屣，只是不願意再花那麼多力氣在談戀愛這件事情上了。如同數學考卷上的最後三大題加分題，算不出，也很容易說服自己心安理得地放棄。

「謬論！」泡芙小姐憤憤不平道。

如果連愛這件事都要斤斤計較，生活未免太無聊。

在泡芙小姐眼裡，現代人所謂的「害怕付出、害怕真心付諸東流」都是為自己不負責任的愛情找的藉口。泡芙小姐是大四的學生，長著一張人畜無害的娃娃臉，嘟起嘴、跳起來反駁朋友們的愛情觀時，可愛得讓人只想對這個世界繳械投降。

泡芙小姐讀廣播系，任何鐵石心腸的人，都無法拒絕她一開口的甜美嗓音，像灌滿春天的蜜，一下子潑灑進故事裡。

她在大一時憑藉幾場校際辯論賽，在學校裡小有名氣。學校的廣播電臺每天會在下午四點半到五點半之間，傳出她的聲音，如涓涓清流，柔軟細膩，引起各個學院男生的注意。

受歡迎的女生抽屜裡永遠有著拆不完的禮物，但她從不與任何人纏綿曖昧，不喜歡的，語氣雖溫婉，拒絕的態度卻乾脆俐落。在愛情這件事上，泡芙小姐向來黑白分明。

泡芙小姐這樣一個立場鮮明的女孩，是從遇見蛋殼先生開始失了分寸的。說起來挺巧的，蛋殼先生原本是泡芙小姐眾多追求者之

一的室友，最初來幫好朋友大飛送禮物，因其紳士有禮的態度讓泡芙小姐留下了很深的印象。

不久後的一個傍晚，泡芙小姐在學校附近的咖啡店裡等人，連續幾杯美式咖啡下肚，胃痛劇烈，臉色被絞得煞白，剛好碰上了在這家咖啡店打工當服務生的蛋殼先生。平素裡樂於助人的蛋殼先生自然不會袖手旁觀，摘下圍裙，和經理請了假，背上泡芙小姐就往外衝。迷迷糊糊中，泡芙小姐聽到咖啡店經理在身後喊道：「喂，你現在走，這個月的全勤獎就沒了啊！」

她感受到對方腳步停頓了一下，又往前走去。

醒來後的泡芙小姐沒有看到蛋殼先生，只見床頭，有外送送來的皮蛋瘦肉粥。

旁邊是一張紙條，紙條上留有聯繫方式以及醫院的住院收據，雋秀有力的字體，附上一行小字：「有胃病，以後就別喝那麼多咖啡了。住院的錢，妳轉帳給我就好，祝身體早日康復！」

不知道該說他善良，還是摳門，泡芙小姐忍不住笑了出來。

轉念想想，還是她自己太狹隘，人家和妳非親非故的，送妳來醫院就不錯了。

#02

加了蛋殼先生好友以後，泡芙小姐乖乖轉了錢給他。
想說的話太多，可能說出口的卻只有一句：「改天請你吃飯吧。」
結果竟然還被蛋殼先生拒絕了，理由是，他還要打工賺學費。

可能是見慣了身邊同學大手大腳花錢，泡芙小姐對蛋殼先生的過去充滿了好奇，後來在不經意間從朋友那聽說，原來蛋殼先生一直是半工半讀，拿到薪水後匯給生活在鄉下的父母、姊妹，最近半個月的課餘時間都被排滿了。

在泡芙小姐又一次提出要感謝他以後，蛋殼先生清晰地表達了那天的事不過是舉手之勞，希望泡芙小姐不要放在心上。

「這週不行，下週不行，那下下週可以嗎？」

泡芙小姐問出口時已經後悔了，怎麼這麼忍不住，顯得自己好蠢哦。

蛋殼先生也是一愣，直到睡覺之前，才回覆了句：「可以。」

那邊一直抱著手機的泡芙小姐莫名地開心，生怕內心的祕密走漏了風聲。追她的男生那麼多，但從來沒有遇到這樣一個人，令她覺得好奇又手足無措。

到了約定好吃飯的日子，泡芙小姐翻遍了衣櫃裡的衣服，拉著室友，各種搭配，從荷葉邊連衣裙到鑲嵌著細碎小水鑽的耳飾，再噴上一點MIU MIU香水，從頭到腳，充滿了少女的小心機。

因為想要請「救命恩人」吃一頓好的，泡芙小姐特意預約了家口碑不錯的西班牙菜，就在充滿歐式風情的五大道上。

她這段時間已經把蛋殼先生的基本資訊摸了個透澈，他讀華語文教學系，來自一個自然淳樸的地方，大概也是那樣純淨的土地上才能孕育出這麼單純可愛的蛋殼先生吧。雖然他看起來冷冷的，卻很熱心，不然那天也不會捨棄當天下午的薪水和全勤獎送她去醫院吧。

蛋殼先生家境不好，所以課餘時間都會跑到校外去打工。

　　他當家教老師，去咖啡店做服務生，夏天 37 度的高溫躲在玩偶裝裡發傳單、逗小孩開心。泡芙小姐偷偷在街上看過蛋殼先生工作時的樣子，純粹的迷人。

　　再看看眼前這個全神貫注點菜的男生，眼神一如既往地專注。

　　要是，他能像看菜單這樣看我就好了……泡芙小姐想到這裡，臉都紅了。

　　這頓飯吃得還算開心，兩個人逐漸熟絡起來，不再拘謹。泡芙小姐的性格本來就甜甜的，是那種不矯揉造作的可愛，說話落落大方，偶爾會毒舌和開玩笑，但不會越界。有好幾次，泡芙小姐都很擔心自己會說錯話，萬一太早表露心跡，把對方嚇走可就不好了。

　　到了結帳時，泡芙小姐剛要起身，蛋殼先生卻徑自走向收銀臺。

　　「男生和女生吃飯，怎麼能讓女孩子掏錢呢。」蛋殼先生回頭，甩下一個招牌溫和笑容。

　　果然還是他的「風格」啊。

　　泡芙小姐拗不過他，心裡很氣自己，早知道就不訂這麼貴的餐廳了，他不知道要打幾天工才能賺夠這頓飯錢。

　　從那之後，泡芙小姐和蛋殼先生兩個人非常有默契，好幾天都沒有聯繫。

　　泡芙小姐是想確認，確認自己在不聯繫他時，會不會想他，會不會忍不住搜尋他的消息。她想確認自己是不是真的喜歡上了他，

還是只是對一個與自己截然不同的人感到好奇。

事實證明，三天、一週、半個多月過去了，泡芙小姐還是會時不時想起那個人。

但沒有人知道為什麼蛋殼先生不主動聯繫她，或許只是把她當作一個路人，或許工作太忙……或許……根本就沒有什麼或許。

憋了這麼多天。

那天晚上，泡芙小姐實在控制不住自己的手，顫顫巍巍在臨睡前發了一句「晚安」給對方。

可別小看「晚安」這兩個字。

晚安，我親愛的你。它包含著我食不果腹的想念，衣衫襤褸的委屈，在心頭抽絲剝繭過千萬遍的驕傲和自尊。它包含著清晨吻我的陽光，包含著我走過的路、看過的風景、背誦過的古老詩句，以及臨睡前決定帶入夢境的那個祕密。

晚安，另一層意思是賭博。

賭你回不回我，賭你會不會愛我。

本來以為發了訊息就能睡個好覺的泡芙小姐，結果卻是澈底失眠了。

#03

早上醒來看到凌晨一點半的那則訊息：「剛下班，今天一直在忙，妳好好休息吧。好夢。」泡芙小姐突然就釋然了。

目前這個階段，她喜歡一個人，並非想試探，或者得到些什麼。只是按照自己的心意，在不打擾對方的情況下去靠近一些。之前網路上做過一個調查，知名KOL問大家，「追」和「撩」有什麼區別？有網友回答：追，我去找你；撩，你過來呀！

一語中的。

泡芙小姐就很生動地詮釋了女生「追」一個人最高的境界。不是矯情，不是撒潑，不是無理取鬧，不是橡皮糖似的纏著對方，不是像某個搭訕直播那樣，走在街上看到一個好看的男生就上去賣萌強撩，把掌心鬆開的時刻，當作玩笑。

對女生來說，真誠是最有力的武器。

泡芙小姐接近蛋殼先生是從成為打工同事開始的，從小含著金湯匙長大的泡芙小姐雖然沒有過打工經歷，但她很願意，藉此機會了解蛋殼先生的生活方式。

於是，她出現在他身邊一切可能的地方：餐廳、咖啡館、遊戲廳……就連幫別人遊戲代練升級，都能剛剛好「碰見」泡芙小姐。

察覺到蛋殼先生並不抗拒以後，泡芙小姐逐漸在不知不覺中走進了他的世界。

帶午餐給他，送他各種優惠券，還買了可以改善中老年睡眠問題的枕頭和簡約脖頸按摩椅，要他轉送給家人，美其名曰是抽獎中的，反正泡芙小姐就是有各種理由「對他好」。

剛開始蛋殼先生超級不適應，畢竟男生很要面子，收女生禮物不合適。

可是泡芙小姐偏偏長了一臉的無辜和天真，送東西的方式又很貼心，從不大張旗鼓，從不讓他有下不了臺的窘迫。

愛人的方式那麼多種，我只想給我喜歡的人需要的那種。

蛋殼先生本就是外堅內柔的人，心出現一點點縫隙，裡面炙熱的溫柔就快要溢出來了。但一想到，這樣好的女孩子可能只有自己的室友，像大飛那樣的富二代才配得上，就忍不住想放棄。何況要是他真的和泡芙小姐有點什麼，好兄弟一定會傷心吧。

泡芙小姐就知道他會這樣想，所以早在認識蛋殼先生以後，就私下和大飛說清楚了。

大飛是豁達的男孩，起初追泡芙小姐不過是一時興起，對這位廣播系的傳奇人物，他的好奇大過喜歡。兩個人坦白後反倒成為志趣相投的朋友。

當大飛約蛋殼先生出去時，蛋殼先生原本是忐忑的，結果卻在燒烤攤上看到了泡芙小姐一個人坐在那，楚楚可憐地看著他說：「怎麼，是我，你不高興嗎？你不高興，我走就是。」

蛋殼先生拽住泡芙小姐的手，想說什麼，又不知道怎麼說。

兩個笨蛋，面面相覷，大眼瞪小眼，終於笑作一團。

蛋殼先生笨拙地上前，想要給泡芙小姐一個擁抱，結果身子剛剛向前傾，就從四面八方竄出兩個人的好友，大家故意起鬨笑鬧，真是愛恨悲喜都純粹的年紀。大飛和蛋殼先生相視一笑，覺得這世間的緣分真奇妙，月老定是個調皮的老頭。

自那之後，泡芙小姐和蛋殼先生就成為了學校裡的「模範情侶」。

直到面臨所謂的畢業分手季，他們都絲毫沒有動搖兩個人對未來的決心。原本泡芙小姐想去大城市，蛋殼先生想回老家，糾結之下最終各退一步，定居在一個不大也不小的城市。

兩個人定下了一個為期五年的小目標，努力工作，希望在五年內買一間小房子，為將來結婚做準備。

今年過年，泡芙小姐第一次跟蛋殼先生回家見父母。

她還是改不了愛為對方花錢的「壞習慣」，早從一個月之前，就列好了給叔叔阿姨的禮物清單。她還打聽到蛋殼先生有個弟弟，正在讀高中，便特意跑去買了最新款的遊戲機給他。

蛋殼先生不好意思地摸摸頭對泡芙小姐說：「妳沒必要這樣做的……」

泡芙小姐仰起頭，一臉純真：「喜歡一個人，就是要他好，給他花錢呀。」

「這一點，不分男女。如果你真的很喜歡一個人，總會忍不住投其所好，想把所有好東西都送給他，帶他去旅行，為了他存錢買禮物，為兩個人有更好的生活品質努力賺錢。我是這樣，其實你也是這樣的呀。」

「只是你對我的好，都默不作聲，都是藏起來的。」

在泡芙小姐眼裡，所謂給喜歡的人花錢，其實意思是：某些時候，我們不是真的多麼在意物質，只是想用這種方式告訴某個人，我在。

朋友們取笑她，還沒結婚就這麼殷勤時，她會收起笑臉，嚴肅回答對方，喜歡一個人，就是要對他好，對他身邊的人好。

而這種好，某種意義上，是不苟求回報的。所謂愛屋及烏，才能愛得舒服。

泡芙小姐就像一瓶在盛夏冰櫃裡等待某個人帶走的氣泡飲，永遠鬥志昂揚，永遠冒著涼涼的冷氣，自告奮勇地去安撫那些燥熱的靈魂。毫無疑問，泡芙小姐最大的特點在於有「治癒能力」。

在愛情裡，她懂得適可而止，又用一種不干擾對方選擇的方式，去努力靠近對方，試圖感同身受。

她深知蛋殼先生家境雖普通，但性格倔強，是不會隨便同意接納女友的好意的，便在送禮物之前故意和他開玩笑說：「這是一場交易，我要收買你的家人，以後看你還敢不敢欺負我！」

回家前的最後一次同學聚會，看著眼前這個傻乎乎笑著的女孩，蛋殼先生心都要化了。

而在身邊看著這一切的朋友們，忍不住感慨：自尊心強又思慮過多的蛋殼先生，只有遇上泡芙小姐，才不得不繳械投降啊。

喜歡就是
一件非常膚淺的事情啊

如果非要給喜歡加上個理由。

對我來說，

那個理由就是你。

♡ ◯ ▽　　　　　• • • • •　　　　🔖

 水母先生

> 他相信，任何一種環境或一個人，初次見面就預感到離別的隱隱
> 作痛時，你必定愛上她了。

　　《小王子》真是一本神奇的書，這些年翻閱過無數次，每次都能在字裡行間收穫生活的新想法。除了老生常談的「玫瑰花」和「小狐狸」，有一個故事還蠻有意思的，是小王子在星際航行中遇到的一位商人。

　　他是小王子離開自己的星球之後，踏上的第四顆星球上的居住者。他是個天生的商人，整日都在盤算清點屬於自己的東西，他很忙：「我是個嚴肅的人！我有正經事要做！」他對來訪的小王子並不感興趣，因為他正在計算天上星星的數量。這讓他無比驕傲，卻讓小王子摸不著頭腦。

　　商人看著天上的星星，對小王子說這些星星都是屬於他的，但小王子堅持認為這些閃耀在夜空中的星星，不屬於任何人。固執的商人不理會小王子，仍然沉醉在自以為是的擁有之中。

　　小王子問：「你拿這些星星來做什麼呢？」

　　「我管理它們，我一遍遍清點它們。」商人如是說。

　　小王子聽過之後，沒多久便失望地離開了這個星球。在商人的眼裡，喜歡是統治，喜歡是占有，喜歡是一遍遍抽絲剝繭的正事，這太不符合小王子的世界觀了。

　　然而，在我們生活的社會裡，又有多少人扮演著故事裡的「商人」角色，內心有著一把秤，小心翼翼地衡量著自己所經歷的每份感情的重量。

　　喜歡一個人，如同喜歡一朵花、一顆星星，原本就是件簡單的

事情。如果非要把它邏輯化，那只能說，這樣的愛原本就算不得愛。

不是所有的感情，都事出有因。
不必所有的喜歡，都追根究底。

談戀愛又不是做生意，大家沒必要掘地三尺，想著要等理清楚了對方的前世今生，才決定要不要一起「上陣殺敵」。

#02

珊瑚小姐和水母先生算是閃婚。

從認識到結婚，只有三個月。

珊瑚小姐原本是做高階投資理財的，整日接觸的商業專案都是千萬等級，但回家卻得用APP搶優惠券叫外送，落差感太大，著實打擊人。

於是珊瑚小姐打算拿著不多的存款，去泰國玩一圈，回來就辭職。

水母先生是在蘇梅島初遇珊瑚小姐。平心而論，珊瑚小姐長得不算漂亮，身材一般，但有雙迷人的笑眼，讓人很放鬆，情不自禁聯想到小時候夏日放學路上的舒暢感。水母先生也是被工作壓迫得無處可逃，才逃到了泰國。

在一家海鮮餐廳，他看到鄰桌的女生頗有皇家風範，不然，怎

麼會一個人吃飯，吃出了滿漢全席的架勢。

　　他從來沒有見過吃飯可以吃得這麼精采的女生，剝起龍蝦，手起蝦落，一個仰頭就俐落掉進了嘴巴。再搓搓掌中透明的塑膠手套，隨著唇齒和下顎的咀嚼動作，整個生動的臉部表情能擠出一朵花來。

　　水母先生一下子就淪陷了，心想：要是天天看著一個人吃飯吃得這麼好看，日子應該很有趣吧。水母先生以併桌的名義跟珊瑚小姐搭訕。

　　珊瑚小姐原本對水母先生沒有什麼其他想法，只是單純地覺得，這個人還蠻有意思的。兩個人吃飯中間不會冷場，男生並不是那般油嘴滑舌會逗女孩子開心的老司機，相反地，水母先生還有點木訥。珊瑚小姐偶爾喜歡開玩笑欺負人，他有時候反應慢半拍，就落入了珊瑚小姐的陷阱。

　　當天晚上，兩個人互換了聯繫方式。之後幾天的泰國之行，兩人結伴，水母先生為珊瑚拍了很多照片……能放上SNS的，卻一張都沒有。

　　不是嘴歪眼斜，就是完全暴露珊瑚小姐腿短的事實。回國之前，珊瑚小姐內心有絲小小的不滿，但一想到對方是個毫無構圖經驗的直男，且是異鄉陌路人，人家願意看自己搔首弄姿幫忙拍照片，也就罷了。

　　直到機場臨別，兩個人要飛向兩個不同方向。水母先生掏出手機，鄭重其事地把珊瑚小姐拉到一旁，說這幾天都沒有為珊瑚小姐

拍出好看的照片，要再替她拍幾張照彌補一下。

　　珊瑚小姐選了一片空蕩蕩的背景，站在那裡，努力繃直雙腿，腳尖輕輕向前伸去。

　　水母先生在人群中央蹲下，仰視著拍。

　　那一瞬間，珊瑚小姐看著認真為她拍照的水母先生，突然心就怦怦跳，耳根子處，熱得都要燒起來了。腦子裡冒出個連自己都無法相信的可怕念頭：不如以後的照片，都讓水母先生拍吧。

#03

　　水母先生相信，任何一種環境或一個人，初次見面就預感到離別的隱隱作痛時，你必定愛上她了。

　　那天在機場，令珊瑚小姐沒想到的是，生性木訥的水母先生會突然向她告白。

　　不是多麼浪漫的橋段，就是上飛機前輕輕湊在對方的耳朵旁，說了一句：「這趟旅行我想不是一個結束，而是一個開始，妳覺得呢？」

　　珊瑚小姐驚訝了一下，便臉紅了。

　　喜歡一個人，真是奇妙，時而初見山崩海嘯，時而久處燈火闌珊，時而又說不上緣由地墜入對方的溫柔眼眸，彷若命中注定。

　　如果愛有固定公式，為什麼我們每個人拿到的答案都不一樣？

　　聽過太多關於愛的深刻剖析，到如今，珊瑚小姐相信這是道送分題。越純粹的人越接近謎底，越聰明的人，反倒容易在權衡之中

喪失觸碰靈魂的最佳時機，卻忘記喜歡不是精巧的邏輯推理，而是笨拙的頭腦發熱。

喜歡，本身就是一件膚淺的事情啊。

他們回國的第二週，水母先生飛去找珊瑚小姐，邀請她共進晚餐。兩個人就決定在一起了。甚至都沒有仔細打聽過對方的過去，兩個人只討論過，誰去誰的城市生活。

珊瑚小姐糾結了幾天，覺得自己剛好辭職了，索性就換個城市生活也不錯。

沒過多久，水母先生便趁著過節帶珊瑚小姐見了父母。

所有人為他們迅速的戀情感到意外，只有他們倆覺得理所當然，愛就是要在一起，想那麼多幹嘛。

這種赤誠太動人了，或許這也是為何校園愛情會備受崇尚的原因之一吧。因為年少時，喜歡一個人，太簡單。因為下雨天遞過來的傘，因為圖書館同時拿到一本書，因為鄰座同學的數學考試總能拿滿分，因為前桌女孩的馬尾上帶著bling bling的水晶髮夾，因為坐在後排的你，取笑我時很可惡，站起來嗆老師時又很酷。

那時的我們，都是小王子，

而長大後的一部分人，

因為這種或那種，主動或者被動的原因，

成了只懂得計算星星價值，卻忽略了其本身美麗的商人。

你看滿大街牽起手的情侶，談個戀愛而已，哪有那麼多驚天動地感人涕零的傾城故事。

凡夫俗子的喜歡，討自己開心就好。

祝珊瑚小姐和水母先生在自己的海洋裡活得肆意快樂。

我們這半生啊，用來等待和試探的時間太長，

卻忘了該如何正常靠近一個人。

等一個人，並不煎熬。

難的是在漫長歲月裡，
看著自己的勇敢被時間撕裂到索然無味，磨平了心腸。

青春逐漸變成夾在時代裡的薄薄紙張。
而我，還是沒有能力站到那個人的身邊。

最後一次用力擁抱，然後轉身遠行

再遇見一百次，
仍淪陷一百次

在面對喜歡一個人這件事上，
都請不要過分強調價值回饋與自尊心。
儘管坦誠，儘管做傻事，
如果連愛情這件事都變得斤斤計較，
那這世上還有什麼好玩的事情？

喜歡是對號入座，愛是非你不可

我曾想過孤獨終老，
卻因為你覺得熱鬧真好。

兔子先生

年少的愛情啊，總是在聲勢浩蕩的友誼裡極力掩飾自己，生怕一不小心，就連朋友都做不成。

#01

　　這是一個從制服到婚紗的故事，我身為旁觀者，很慶幸，參與了他們的青春。

　　「我要結婚了。」

　　嬌子小姐和兔子先生認識近十年，談了五年戀愛，從莽撞又執著的校園情侶變成交換一個眼神就能知道對方要說什麼的靈魂伴侶，他們是我們這個好友圈裡為數不多走到最後的。

　　在收到他們的結婚喜帖以後，我跑去問了嬌子小姐一個很傻的問題：「妳為什麼答應嫁給他？」

　　她說：「因為是他，全世界獨一無二的他。結婚是很可怕，但我想和他有一個家。」

#02

　　嬌子小姐剛認識兔子先生時，覺得自己一定不會喜歡他。

　　她是那麼獨立好強的女生，在那個還不知「御姐」為何物的年代裡，在她身上，我第一次感受到了「溫柔有力」是什麼感覺。

　　我和嬌子小姐是高中同學。她屬於那種早慧的女生，沒有那麼多黏稠的、似是而非的小女生心思，整個人落落大方，氣質有點像《甄嬛傳》裡的沈眉莊，都有著被命運這杯滾燙的茶水浸泡過卻仍保持清透顏色的奇特能力。

兔子先生恰恰相反，是同年級裡出了名的搗蛋鬼，不安分，嘰嘰喳喳，跳上跳下的那種。我也不知道他是從什麼時候開始喜歡嬌子小姐的，畢竟，在青春時代裡，他給我的印象就是「嬌子小姐的好朋友」。

　　我和嬌子小姐喜歡在上晚自習之前跑到走廊盡頭，那裡有個小窗臺，是我們的「祕密基地」。聽歌、聊天、偷喝啤酒，咕嚕咕嚕的聲響順著喉嚨一路滑下，在年少的無恙時光裡潑染出濃墨重彩的痕跡，都是關於喜歡一個人的祕密。嬌子小姐喜歡的那個人，是比我們高一個年級的學長，清瘦、挺拔的身姿站在人群中，連背影都彷彿發著光。

　　過了很多年，我才知道，在她無望地愛著一個人時，另外一個人，以同樣虔誠的姿態在默默祈禱能夠被上天仁慈相待。

#03

　　兔子先生追嬌子小姐的過程非常艱辛。

　　其實，兔子先生從一開始就知道嬌子小姐心有所屬，所以他以「朋友」的身分留在她身邊，不慫恿，不嫉妒，從來沒有用「我喜歡你」這四個字去給對方施加壓力。而是打著請所有人吃零食的名義，偷偷記下了嬌子小姐的喜好；有人在背後說嬌子小姐壞話，他會惡狠狠瞪過去；每晚送嬌子小姐回家，但沒人知道，他其實不順路。

年少的愛情啊，

總是在聲勢浩蕩的友誼裡極力掩飾自己，

生怕一不小心，就連朋友都做不成。

彼時的嬌子小姐甚至不知道眼前這個傻傻的大男生，是喜歡自己的，每天習慣性把自己的喜怒哀樂分享給對方聽，包括那段無疾而終的感情。和所有主角沒有登場前的插曲一樣，嬌子小姐對學長的喜歡，是青春卷軸裡淡淡的一抹月光印記，無需封印，隨著日光的照拂推移終將變得斑駁。

我常常想，如果當年嬌子小姐真的和學長在一起了，按照兔子先生的性格應該是不會開口的。

#04

我曾想過孤獨終老，

卻因為你覺得熱鬧真好。

好在，人生沒有如果，大學考試結束之後，兔子先生正式和嬌子小姐告白了。

兔子先生表白過後，嬌子小姐並沒有在第一時間答應他。儘管感受到了自己那點躍躍欲試的心動，但面對畢業後各在一方的現實衝擊，向來理性的嬌子小姐覺得太不實際了，她才不相信，會有一個人把她放在心上，且是不會過期的位置。

中途有段時間為了打消掉兔子先生的念頭，嬌子小姐刪掉了對方的聯繫方式，並且採取不來往、不見面、不回電的方式表態。

也許會有人覺得嬌子小姐太過狠心，但也會有人理解，其實很多時候，女生心裡想的是「只要你再堅持一下、堅持一下下」就好了。

很多時候，我們就是錯失在這一點點上，不要說女生矯情，不必說男生薄情，愛情中人本來就這麼曲曲繞繞在等對方回應。

找不到嬌子小姐的那段時間，兔子先生瘋了一樣，滿世界打聽她的消息。

其實我知道，嬌子小姐不是沒有動心，**她只是太過於獨立，獨立到認為愛情不過只是一時興起，哪敵得過歲月蹉跎。**

所以我偷偷做了個決定，將嬌子小姐的新手機號告訴了兔子先生，因為不忍心看著兩個真心喜歡的人彼此錯過。

後來兔子先生還是追著嬌子小姐到了她的城市，彼時的他們已經在各自的城市上大學，如果不是真的在意這個人，隨著時光的洪荒，模糊下去自然就放下了。

知我最深，護我最力。

大概除了你，這個世界上沒有人會再對我這麼好了。

看著兔子先生風塵僕僕地出現在自己面前，嬌子小姐決定不再欺騙自己。

「我這樣一個理性堅硬的人，能夠被他這樣溫柔地愛著，是我

的幸運。」嬌子小姐說這句話時，滿臉溫柔。

#05

　　就這樣，他們終於在一起了。
　　高中相識，大學戀愛，最終兩個個性相差甚大的人能走到一起也是不容易。
　　嬌子小姐還是一如既往的獨立，卻也能夠在脆弱時安心釋放小情緒；兔子先生還是那個調皮大男孩，卻不管怎麼愛玩，都能夠在該承擔責任時衝到女朋友前面。

最好的愛情不是嚴絲合縫，
而是能夠在漫長的磨合中，
讓彼此修煉成為更有同理心的人。

　　聽到他們結婚的消息，突然覺得歲月似塵埃，有種莫名的不真實感。身為一個潛在恐婚族，對於婚姻我擁有本能的排斥和疏離。
　　「要多喜歡一個人，才想和他結婚啊。」這是我下意識對結婚這件事的真實想法。
　　要多喜歡一個人，才願意遷就、隱忍、耐心講道理。
　　要多喜歡一個人，才能夠承擔、改變、事事以彼此感受為先。
　　要多喜歡一個人，才放心把自己交給對方。
　　要多喜歡一個人，才能打破以往的獨立空間，多多少少，分一

些出去小心安放他的情緒。

　　要多喜歡一個人，才有勇氣踏入飲食男女的人間滄桑正道中，在柴米油鹽的摩擦下，忍受時間剝落生活表面那層光澤、溫潤的粉飾。

　　可以說，結婚是檢驗愛情最高級的一種方式。

　　如果在通過內心所有的假設之後，還是堅定不移地要娶或嫁那個人，大概是所謂的真愛了吧。

我在方圓十里，想念你

我喜歡上你的時候，
朋友們都說，這叫心血來潮。
我覺得也是。
可誰都沒有想到五年過去了，
都快心肌梗塞了，
怎麼辦，我還是喜歡你。

♡ ⚲ ◁   • • • • •   🔖

 笛子小姐

我有喜歡的人，不過已經很久了，那份心動似乎早已變成生活的
一部分。

#01

下班時聽到桑木又在辦公室裡拍桌子、大吼大叫，出來的兩個女同事，面面相覷，彷彿都是在傳達「裡面那個人有病吧」的訊號。

這是笛子小姐在報社工作的第三年。

沒趕上傳統媒體的黃金時代，現在的紙媒越來越沒落。每天早晨，笛子小姐都會順手買兩份當天的報紙，帶到公司裡，一份自己看，一份放到桑木的桌子上。

坐在笛子小姐旁邊的小唐總是喜歡揶揄他們兩個人的關係：「笛子，妳幹嘛總是對那個冰塊臉那麼好？聽說今年的KPI再達不到總社要求，他這個執行主編就要被撤職了哦。」

「妳哪隻眼睛看到我對他好了？買報紙給他，不過是想讓他心情愉悅，不要來找麻煩罷了！」長期和一個氣味濃烈的人共處，會被他的氣息覆蓋。想到小唐最近總是叫她「冰塊臉2號」，笛子小姐頓了頓，還是決定多解釋一下。

小唐是她私交很好的閨密，為人友善，最大的愛好是八卦，算是應了這個「娛樂至死」的時代大眾對記者的標籤。

笛子小姐整理好桌子，將筆電裝進包包裡，打算趁天還沒黑，錯開交通高峰期，快點去搭車。

臨出門前，她又折回去，把桌子上朋友送的兩株多肉拿去分給剛剛挨罵的同事。

轉身就碰上桑木那個地獄使者，他開口道：「哨子？等下和我一起走吧。」

笛子在背後翻了個大大的白眼，這個人，記性是有多差啊，從來都沒有叫對過她的名字。

　　十一月的城市氣溫驟降，大街上除了送外送的年輕男人、裸著腳踝的妙齡少女，還有如期而至的霧霾。

　　在這樣灰撲撲的陰鬱景象下，笛子小姐猶豫了片刻，還是鑽進了桑木的車裡。不過她很識趣，沒有坐在副駕駛。有點像小時候怕班導師的感覺一樣，笛子小姐對桑木始終是敬而遠之的。但是不知怎麼，看到他車子前擋風玻璃旁放著的海賊王公仔，還是莫名其妙地笑了。

　　聽到笑聲，桑木回頭很奇怪地看了她一眼，轉頭拋出個風馬牛不相及的問題：「妳，妳有沒有喜歡過一個人？」

#02

　　妳有沒有喜歡過一個人？

　　有啊，不過已經很久了，那份心動似乎早已變成生活的一部分。

　　那一年，在多媒體教室402，新聞系的必修課上笛子小姐第一次注意到木頭先生。

　　她還記得那是一個星期三，他們在上「新聞採訪與寫作」的必修課。剛剛升上大二，老師交代了作業要大家進行採訪，那節課要現場替作業打分數，所以幾乎沒有人蹺課。笛子小姐不怎麼用功，所以隨便寫了一篇稿子就交了上去，但年級裡還是有很多同學懷有

偉大的新聞理想的。

　　最出眾的題目是〈霓虹燈下的理髮師〉，作者採訪了近二十個美髮店的髮型師，有開在市中心豪華連鎖店的Tony老師，也有在城市邊界的小鎮替勞動者理平頭的老師傅，選題本身偏嚴肅紀實，但簡報裡的插圖和文字都配得很有趣，雖稱不上什麼曠世奇作，但在一大堆如笛子小姐這般濫竽充數的人寫的東西裡，著實讓人眼前一亮，很有人文關懷。

　　老師問：「這是誰做的？」

　　無人回應。

　　老師又問：「大家知道這是誰做的嗎？」

　　同學們東張西望還是不見有人站起來，教室裡窸窸窣窣了半晌，才看到一個男孩，睡眼朦朧地從桌子上爬起來，摸了摸頭髮，舉手，他就是木頭先生。

　　木頭先生站起來隨便說了幾句，不帶奉承意味的話：「我覺得新聞本身是生活的一部分，不應該割裂開來。大家做了那麼多名人採訪和社會熱門議題，我想去做點不一樣的。」

　　他說這話時，笛子小姐感覺他整個人都是發光的。

　　別人交的是作業，只有他交的是作品。

　　那天晚上臨睡前，笛子小姐第一次問自己，為什麼選擇念新聞系？在此之前，她從來沒有認真思考過這個問題。可能是因為不用學數學，可能是聽起來很酷，但笛子小姐隱隱約約感覺到，那個男生的回答，可能也是她問題的謎底。

　　不知道為什麼，笛子小姐就是感覺木頭先生和別人不一樣，他身上，有大多數人都沒有的東西。

　　笛子小姐那樣一個熱愛蹺課的「好」學生，那段時間，最大的樂趣竟是去上課。

　　402 和 502 是他們的必修課教室，木頭先生總是坐在固定位置靠近後門處，倒數第三排。笛子小姐也很固定地坐在靠窗，中間第七排，因為在那個角度，經由光的反射，可以透過手機螢幕清楚地欣賞木頭先生。

　　看他托著腦袋發呆，看他瞇起小眼睛，兩腳伸直，以慵懶的姿勢坐著。

　　他睡著的樣子很像一隻需要餵食的貓。有一天上課看到他睡覺，笛子小姐很想畫下來，奈何自己畫功有限，最後只畫了一張四條腿的桌子。那張畫，至今被笛子小姐藏在手帳裡。

　　從那開始，笛子小姐開始了漫長的偵探之旅：

　　他的外號叫「木頭」；他是班代；他最喜歡的遊戲是魔獸世界；他是蘋果手機的狂熱粉絲；他穿衣服習慣把拉鍊拉至頂端；他走路時，一踮一踮，還總是踢著路上的小石頭；他的SNS帳號是真名加一串奇怪的英文字母和數字，很長，但是笛子小姐可以熟稔地、準確無誤地在手機上打出來。

　　他太瘦了，單薄的背影在學院裡就很引人注目。

「哪像我，虎背熊腰壯得和牛一樣，完全沒有個女孩子的樣子。」笛子小姐和室友開玩笑，「他習慣把雙臂環繞在胸前，學心理學的朋友告訴我，喜歡擺這個姿勢的人很沒有安全感。想到這，我就很想過去抱抱他。」

「原來妳那個時候就虎背熊腰了啊。」聽到這裡，桑木不自覺地笑出了聲。

笛子小姐看了桑木一眼，他揮揮手，示意她繼續說下去。

因為大學考試的成績不如預期，導致填志願時出了問題，整個大一，笛子小姐都處在悶悶不樂的狀態裡。她原本一點也不喜歡這個學校，但自從遇見他，她開始打起精神好好生活，認真思考自己的未來。

偶爾在學校裡看到木頭先生，笛子小姐會下意識地捏緊身邊閨密的手心。

有一次，笛子小姐和室友下樓搬書，看到木頭先生也在。那天的陽光很剛好，他倚在欄杆處笑，笑起來露出一口整齊潔白的牙齒，晃得人莫名緊張。

那一刻，笛子小姐意識到：完了，完了，我是真的喜歡上木頭先生了！

不是心血來潮，不是無聊興起。

那種衝動是想陪在他身邊一輩子的「非分之想」。

前面還在塞車。

笛子小姐繼續在車裡說:「這個故事啊,你還是當笑話聽吧。」

說起來真的很傻啊,為了更加深入打聽到他生活中的點點滴滴,笛子小姐在網路上展開了地毯式搜索。從部落格、遊戲帳號到論壇,還有各大社群網站,在搜尋欄裡輸入他的名字後跳出七百多筆資料,笛子小姐一個個翻閱,大概在第兩百個左右時就找到了男生的SNS帳號。

「這樣算起來,還是很幸運的吧?」

笛子小姐想了個自認為很浪漫的方式,在論壇上開了一篇以木頭先生本名為題的文章,三不五時就在文章下頭回覆新的段落,斷斷續續幾年下來,那長長一篇文章的字數差不多有二十五萬字左右,超過兩本書的內容了。

越多人看那篇文章,笛子小姐就越覺得心虛,害怕被人揭穿。

笛子小姐也不知道自己為什麼那麼害怕靠近他、被他知道,明明在學校他們有很多次可以相識的機會。他們一起進了校刊編輯部,被分配到同一個攝影小組,有一大群共同好友,但他們只能算點頭之交。

因為有些人太美好,所以不敢接近,只好做陌生人。

不過在這個過程中,笛子小姐看到了新聞專業背後更廣闊的天地,逐漸找到了自己的職業方向。

大四上學期，他到大城市實習，笛子小姐也跟著偷偷投了履歷。

　　木頭先生最喜歡的作家是劉瑜，她的作品也成為笛子小姐的枕邊讀物。

　　劉瑜寫過一段話，大意如此：「自己川流不息的生活，不過是別人手機裡的兩個音節而已。而過幾個月，就連音節都不是了……那些與你毫無關係的人，就是毫無關係的，永遠是毫無關係的。從認識的第一天起，其實你就知道。有些人注定是你生命裡的癌症，而有些人只是一個噴嚏而已。」

　　嗯，大概就是這樣。

#05

　　車子開上了高架橋，原本一個小時的路程，今天格外漫長。

　　高架上塞車塞到動彈不得，桑木似乎沒有平常那麼嚴肅，還開玩笑道：「那妳沒有想過要告訴他嗎？」

　　「沒有。」

　　出社會後，笛子小姐才知道資優生和後段班的區別有多大。

　　他們進了同一家報社，木頭先生是「特約記者」，但她只能以「實習生」的身分和其餘十幾個人競爭留下來的名額。當時的媒體趨勢更迭，報社已有搖搖欲墜之勢，但更多的媒體人仍舊不肯相信

新媒體真的能幹倒他們，他們日夜兼程、絞盡腦汁地追趕更多熱門時事，卻比不過明星隨意在SNS上說兩句來得撩動人心。

在那段危急時期，木頭先生提出成立報社的新媒體團隊。

當時同期的實習生都轉行去了網路媒體，只有笛子小姐，仍想盡力留在他方圓十里的範圍內。即使成為正式員工後薪資仍舊很低，交完房租，只夠吃便當。

他還是當年那個提出「新聞，本身是生活的一部分」的理想主義者，素心如玉，珠璣是理，這麼多年，他身上閃光的地方依然令她著迷，令她對這個世界產生信仰。雖然笛子小姐知道，在往後的漫長道路上想要堅持信仰很難，但他不是別人，他是木頭先生，也是此刻坐在車裡的桑木，是笛子小姐喜歡的人。

「從喜歡上你開始，我就變成了一個膽小鬼。」

#06

笛子小姐和桑木同事了三年，他或許從來不曾注意過，她曾為他們之間的交集埋下多少伏筆。

如果不是已經準備辭職，離開這座大城市，澈底告別過去。或許，笛子小姐永遠不會和桑木說這些。

山有木兮木有枝，心悅君兮君不知。

等一個人，並不煎熬。
難的是在漫長歲月裡，

看著自己的勇敢被時間撕裂到索然無味，磨平了心腸，
青春逐漸變成夾在時代裡的薄薄紙張。
而你，還是沒有能力站到那個人的身旁。

「可是，妳怎麼知道我不知道呢？」

桑木沒有回頭，只是從後視鏡裡看了笛子小姐一眼，開始自顧自地說起這些年的感受。最初他完全不知道有笛子小姐這號人的存在，直到畢業前，有人轉了一篇文章給他，是以他的名字命名的，裡面絮絮叨叨講述了很多少女心事，他終於從記憶的湖泊裡打撈出這樣一個人。

但真正的心動是從工作接觸開始吧。

當他發現自己桌上每天有一份報紙和一杯熱牛奶，發現加班時總有人默默幫他叫外送，發現不管別人如何不理解他的決定，她都在用肯定的眼神看著他時，那種淪陷，是與日俱增的。

「笛子，妳有沒有聽過一句話，因愛而愛是神，因被愛而愛是人。抱歉，我沒有成為你的神。」

「你……你居然念對了我名字？！」

「其實我一直都知道妳的名字，只是每次面對妳，就緊張，就容易說錯話，哈哈……」桑木這個冰塊臉難得露出害羞的表情。

不知道為什麼，笛子小姐覺得非常不真實，會是一場夢嗎？如果是夢，就讓她墮落其中永遠不要醒來吧。

在她胡思亂想神遊之際，一旁的桑木突然開口：「別走，留在

報社，留在這裡吧，我需要妳，而妳也真的很適合做新聞。」

「啊？」笛子小姐很詫異，不僅詫異他口中說的「我需要妳」，更驚訝，這麼多年，他是第一個說她適合做新聞的人。

那天回家的路上，一直在塞車，桑木斷斷續續說了很多話。

笛子小姐其實並不清楚對方對她的感覺，到底是欣賞、肯定還是喜歡，或者只是身為一個新聞行業並肩作戰的同伴產生的強烈共鳴，但足夠了，這些理由足夠讓她留在這座城市。

在這個世界上，總會出現這樣的一個人，

他讓你失望、讓你驚慌、讓你嚎啕，

也讓你相信愛和理想，

他給了你膽怯又給了你勇敢，

他在這個速食時代裡教會你如何溫柔地對待這個世界。

儘管不知道明天會怎樣，但此刻，笛子小姐願意踩著所有的質疑和傷痕去牽住他的手，不由自主、不能抵抗。

在這命運的方圓十里，不離不棄。

千萬別變成「愛無能」的大人

儘管坦誠，
儘管做傻事，
如果連愛情這件事都變得斤斤計較，
那這世上還有什麼好玩的事情？

♡ ◯ ▽ • • • • • 🔖

 閃電小姐

在談戀愛這個過程裡，沒有誰一定要讓著誰，女生也不完全是
「被照顧」的角色，如果說愛情有什麼規律，那唯一的規律就是
從心出發

談不談戀愛，不要緊，要緊的是我們不能失去愛的能力。

社交媒體發展到了巔峰，好友列表動輒五千人，哪怕是在興趣群組裡認識幾天的陌生人都可能會道聲晚安給你聽。但過不了幾天，在沒有得到任何回應的情況下，這句晚安就可能換給別人聽。

我們好像越來越沒有耐心去老老實實喜歡一個人了。那種笨拙、無條件對一個人好的「純真戀愛」早已消失殆盡。現代人的喜歡如同超市裡琳琅滿目可供選擇的優酪乳，一週、兩週、半個月，無人問津，就自動被列入過期品。

有天晚上，閃電小姐和朋友們吃飯。

席間大家稀稀落落說起自己的故事來，所有人都感慨，長大這件事的殘酷，不知不覺中剝落掉我們身上的熱忱與期待，談戀愛真是越來越沒意思了。

只有閃電小姐坐在桌旁托腮喃喃自語：「我覺得不是這樣，喜歡一個人本身就是很美好的事情，不管有沒有在一起，能否堅持走到最後，能為對方付出些什麼我就很開心了。」

閃電小姐，是少見的骨子裡透出一股溫柔的女生。不是那種聲音甜美，舉手投足柔若無骨的溫柔，而是有著個人穩健的世界觀，內心強大，不會因為外界干擾而輕易改變自己。

只是她遇事不溫不火的性子像極了動畫電影《動物方城市》裡那隻名為「閃電」的樹獺，所以才被取了「閃電小姐」的外號。

她和現任的故事還挺有趣的，是典型的網路愛情故事。

起因是去年的冬天，閃電小姐失眠，滑手機滑到了某個KOL剛剛發出的話題「此刻沒睡的人在做什麼」，她就隨手拍了窗外的路燈，說自己睡不著在一邊玩手機一邊看路燈，覺得路燈是城市的守夜人。很快有個男生來和她搭訕，兩個人有一搭沒一搭地說著話，發現有不少的共同愛好，聊到興起不知不覺竟然天都快亮了。

　　結束的時候，男生突然沒頭沒腦說了句，今晚的月色真美。

　　閃電小姐沒太放在心上，就去睡了，之後的一段時間，兩個人經常私訊聊天。男生每晚的結束語都是「今晚的月色真美」，不管窗外到底有沒有月亮。

　　直到有一天，閃電小姐在看日劇的時候發現，原來這句「今晚的月色真美」放在日語裡是「我喜歡你」的意思。她抱著手機在被窩裡打滾偷笑，彷彿終於等到一個確定的答案。

　　如果故事發生到這裡，就只是兩個有趣的人在「互撩」而已。

　　也許等到把共同話題聊差不多了，工作再忙一點，對方就會慢慢如同水滴蒸發，逐漸消融在各自忙碌的生活中。但閃電小姐認真思考了自己到底是不是真的喜歡對方這個問題，有那麼一段時間，她試著不去和對方說話，她想，如果只是單純的好感，時間會消磨一切。

　　她刪除了APP，差不多兩個月的時間故意抹去對方的種種痕跡，可隨之而來的不是遺忘，而是想念。她發現，那個人的聲音無時無刻不縈繞在她腦海裡。

　　甚至，她都有一種去男生的城市找他的衝動。

結果是男生先來找了她，在她公司樓下的咖啡廳裡，兩個人第一次見面。和想像中的彼此相差無幾。閃電小姐和這個男生都是屬於比較真誠的類型，要麼不喜歡，要是喜歡就會努力去靠近對方，就這樣他們談戀愛了。

　　又是網路戀情，又是遠距離戀愛，在所有人不看好的情況下，這兩人整天開心地存錢擠時間去對方的城市見面。

　　聽完他們的故事，有朋友說：「這樣的戀愛談得也太辛苦了。」

　　閃電小姐搖搖頭反駁：「如果你真的喜歡一個人，付出再多，都不會覺得辛苦。」

　　因為喜歡，所以甘願，而且閃電小姐始終強調，在談戀愛這個過程裡，沒有誰一定要讓著誰，女生也不完全是「被照顧」的角色，如果說愛情有什麼規律，那唯一的規律就是從心出發。

　　千萬別變成「愛無能」的大人。

　　不管此刻的你有沒有談戀愛，

　　在面對喜歡一個人這件事上，

　　都請不要過分強調價值回饋與自尊心。

　　儘管坦誠，儘管做傻事，如果連愛情這件事都變得斤斤計較，

　　那這世上還有什麼好玩的事情？

你是我的近在咫尺，
也是我的海角天涯

我們這半生啊，
用來等待和試探的時間太長，
卻忘記了該如何正常靠近一個人。

♡ ▢ ◁   • • • • •   🔖

 喵小姐

應該是，從很久很久以前。喜歡上了自己的好朋友。
這真是一件隱密、開心，而又略微有點可恥的事情。

#01

喵小姐曾經幻想過很多次再見到烏龜先生的樣子。

在電影結束放映後亮起燈的瞬間，在人潮擁擠的十字路口，在觥籌交錯中談著生意的高級工作場合，在稻城亞丁，在土耳其，在搭車旅行的浪漫豔遇中，世景蓬勃，風光霽月，兩個人在重逢的時刻摒棄前塵、相視而笑。

一個掠草飛，一出穿簾戲。

像無數小說裡描寫過的那樣，曾經喜歡過的人，兜兜轉轉，最終回到原點。隔著千山萬水伸出手去用力擁抱對方。

事實上，喵小姐再見到烏龜先生卻是某次節假日返鄉時，在老家平淡無奇的超市裡。她陪著剛結婚的表姐百無聊賴地挑選著生活用品，隔著琳琅滿目的貨架，那句話穿越過促銷歐巴桑嘹亮的吆喝聲，跟火苗似的，落進了喵小姐的耳朵裡：「是你嗎？小虎妞。」

喵小姐回過頭，那張臉是她最熟悉不過的人。

面前的這個男生就是烏龜先生，他是喵小姐的小學同學、國中同學，更是共渡過大學考試難關的高中鄰座。在過去那稱不上漫長也絕不算單薄的二十多年裡，有大半的時間，他們都在一起，只是，單純地在一起。

聊天說垃圾話、互抄作業或避重就輕地交換心事，沒什麼特別的。

和所有好朋友一樣，他們兩人的相處模式就是鬥嘴和說垃圾

話。喵小姐上學的時候有點胖，烏龜先生就毫不留情地賜了她一個「虎妞」的外號，氣得喵小姐忍不住在國文課本上畫了個烏龜，箭頭直指某個人。

想到這裡，喵小姐看著眼前一身正裝的烏龜先生，忍不住笑出聲。

這一聲清脆的笑，打破了時間的澆築。喵小姐就站在那裡，怔怔地看著烏龜先生，有點找不到自己心情的立場。這個人是誰呢，是好朋友嗎，可是誰看到好朋友會心跳臉紅。不是好朋友嗎，可除此之外，還能是什麼？竟然一時找不到任何傻笑的正當理由。

你看。

這麼多年，有人過盡千帆，有人船泊歸岸；

有人摘下明月扔進空洞目光，

有人穿上新衣卻忘不了舊人；

有人背盡聶魯達的情詩卻不敢說出那句我喜歡你；

有人捂住心口，卻溢出溫柔，滿腹的思念無處遮擋。

我們這半生啊，用來等待和試探的時間太長，

卻忘記了該如何正常靠近一個人。

#02

由林依晨和陳柏霖主演的電視劇《我可能不會愛你》，喵小姐看了不下二十遍。每看一遍她都要拉著身邊的朋友們問：「為什麼

這麼好的兩個人，就是不能在一起呢？」

是啊，為什麼就是不能在一起呢？

十年後的喵小姐始終想不通，兩個明明在所有人眼裡萬分相配的人，為什麼不能夠往前走一步。傻孩子啊，在離經叛道的青春期，何必愛得如此端莊。

李大仁說，愛情有時候就是一個瞬間的問題，錯過了，就沒有了。

喵小姐仔細回想起來，是從什麼時候開始喜歡烏龜先生的呢？

大概是從他日日拉住她馬尾偷笑的時候，是從數學課上他遞來的正確答案的時候，是從體育課時有意無意的恍然對視的時候，是從他總是一邊數落她笨一邊安慰她「會好起來的」的時候，是從忍不住躺在被窩裡傳訊息和他聊天、一筆一畫在窗戶上呵氣寫下他的名字的時候開始的。應該是，從很久很久以前。

喜歡上了自己的好朋友。
這真是一件隱密、開心，而又略微有點可恥的事情。

怎麼可以喜歡上好朋友呢？好朋友是那個可以說黃色笑話，可以不問理由抓來喝酒，隨時隨地坐在一起討論過路美女罩杯的人啊。

於是喵小姐努力讓自己不要在意烏龜先生。

那些年裡努力地模糊掉內心的襤褸與悸動，喵小姐告訴自己，

這只是錯覺，只是因為太熟悉了所產生的微妙反應。

　　所以當烏龜先生來問喵小姐大學志願的選擇時，喵小姐竟然鬼使神差地拒絕了兩個人上同一所大學的請求。喵小姐和烏龜先生開玩笑：「我們已經鄰座了那麼多年，好不容易上個大學，當然要重新開始啦。我可不想讓別人誤會我們的關係……」

　　喵小姐沒有注意到烏龜先生表情的變化，她只是不斷吸氣吐氣，壓制內心那股翻騰的難過和衝動。

　　好險，差一點，她就把「我想和你在一起」這句話說出口了。

為什麼不想繼續留在他身邊呢？

因為我喜歡你，卻不能喜歡你。

我努力告訴自己不要喜歡你，

但這點微薄的決心，總是在你望向我的時刻突然瓦解。

比起失去你，我寧願從未擁有過。

#03

　　朋友也好，朋友才能永遠不分開。

　　喵小姐和烏龜先生在一起十幾年，她看著烏龜先生和不同的女孩子短暫交往、分手、再遇見新的人。她竟然有點羨慕那些女孩，如果不是相識於幼，兩個人早已熟悉成硬幣的兩面。

　　她真的幻想過，和烏龜先生談戀愛的模樣。

　　一個好朋友的身分，讓她留在了烏龜先生身邊，卻永遠隔在了

他的心外。

喵小姐還記得烏龜先生來和自己要一個閨密的聯繫方式時的表情，是那樣漫不經心又理所當然。喵小姐想用力掐烏龜先生的耳朵，告訴他「老娘喜歡你，你竟然敢覬覦我的閨密」，想看他呲牙咧嘴的樣子。

但事實上，她只是故作大方地和烏龜先生擺擺手，說包在她身上。

為了幫他追閨密，喵小姐沒少下功夫。幫他刺探軍情，幫他說好話，幫他挑生日禮物，幫他約對方去撒滿愛心氣球的KTV唱歌，幫他下載〈情非得已〉作吉他伴奏，只為換來伊人一笑。

烏龜先生抱著吉他唱歌時，喵小姐就躲在不遠處的牆壁後，沒出息地哭了。

你是我的近在咫尺，也是我的海角天涯。

那一刻，她明白了《仙劍》裡的林月如，為何願意在鎖妖塔裡傾盡生命，換得良人開懷。如果必須有人站出來，承擔隱忍、失落、委屈，承擔愛而不得的冷暖情緒，她寧願那個人，是她自己。

再後來，喵小姐去了沒有烏龜先生的地方讀大學。

日子還是一如既往，兩個人時不時打電話、視訊，說些無關痛癢的家常話。烏龜先生和那個女孩子終是沒能長久，不多時，便分開了。

喵小姐不是沒有懷疑過，烏龜先生是不是喜歡自己。

有次寒假回家，對方去火車站接她，兩個人踩著大雪往家去，漫天雪花從天而下，整個世界彷彿都失了聲，以至於喵小姐可以清楚聽到，不知道是從哪裡傳出來的清晰的心跳聲。

究竟是自己的，還是他的呢。

喵小姐光顧著想這些，一不留神，踩了空，烏龜先生眼疾手快地拉住了她的手。

一路上，再沒鬆開。

可到如今喵小姐已經想不起那天如何散的場，兩個人是怎麼走回去的，是誰先鬆開手的。她只記得雪花撲簌簌地落在手背上，涼涼的，和接吻一樣。

#04

愛情這個東西啊，不講規矩。

有時候是需要死纏爛打的，否則，任是心動也枉然。

喵小姐過去以為她是個很有原則的人，她的原則就是「自尊心」。

不喜歡失控，不喜歡冒險，不喜歡冒著被拒絕的危險去靠近對方。她曾經以為，是因為太愛自己而不敢愛烏龜先生真的，過去的這些年，她都是這樣認為的。

直到與烏龜先生經年重逢，看著大學畢業後就入伍當兵、早已失聯的他，眼神還是一如既往的澄澈。

她才發現「我喜歡你，但不能被你知曉」的真正原因並非膽

怯，只是珍重。

如果不曾擁有，就永遠不會失去。因為他是她最好的朋友，是她的傷口，也是她的癒合，他們在彼此生命裡早已佔據一席之地。笨拙如她，貧瘠如她，能給他的無非就是滿腔熱血，和始終以「好朋友」這個穩固姿態站在他的身邊。

我不是沒有愛你的勇氣，只是我沒有失去你的底氣。
沒有靠近的存在，最為長久。

張學友有首老歌叫〈你的名字我的姓氏〉，歌名甚是俗氣，卻是喵小姐和烏龜先生故事的祕密。

有時候喵小姐覺得他們倆的關係就像人的兩只耳朵，那麼相似，卻終其一生，再怎麼默契，都無法觸碰到對方。

喵小姐還沒來得及從往事中回神，那邊就傳來一個女孩的聲音，是喊烏龜先生過去結帳的。他們穿著同款外套，應該是他的另一半吧。喵小姐大方地笑了笑，和烏龜先生擺擺手說：「你快去結帳啦。」

「下次有機會見面再聊天。」

烏龜先生愣了一下，點點頭，快步朝收銀臺走去。

喵小姐站在他的背後，很清楚地知道他們再也不會見了。不是空間的阻礙，而是兩個人再也沒有什麼理由可以見面了。我們在一起那麼久，卻錯過了彼此。

我所有喝過的酒裡都有你。

我所有失眠的夜裡都有你。

我所有流過淚的歌都有你。

我拚命想要遠離你，卻發現無處遁逃的是自己。

是啊。

喜歡過你，但也只能到此為止。

二十五歲，
不願意費力談戀愛的年紀

世間有無數喜宴，
情人誰來奉獻，
我有膽總應該會遇見。

雙魚小姐

其實我們都知道，一切「我只是想找一個相處起來舒服的人」的
言論都是假議題。談戀愛，哪有可能絲毫不費力氣。
只是不願意自己終究也成了薄情人。

#01

「中年以後的男人，時常會覺得孤獨，因為他一睜開眼睛，周圍都是要依靠他的人，卻沒有他可以依靠的人。」這句話原是張愛玲形容時間刻度上的中年男子的。

但到了今天，用來揶揄近三十歲的年輕人，似乎也並無什麼不妥。

職場裡，上有四十歲的準中年做中流砥柱，下有二十出頭的後起之秀。生活中，既要照應父母長輩日漸衰老的身體和喋喋不休的催婚炸彈，還要做好翻越房子這座大山的心理準備，身旁的人往前邁步邁得越快，就越覺得原地踏步的自己不夠安全。想來，其實我們離開校園不過幾年的光景，但上了馬達的時代壓根不會理會窗外路人的表情，轟隆隆地駛去。

除了傳統的工作壓力和社會責任之外，在談戀愛這件事情上，所呈現出的倦怠感也令人覺得索然無味。

二十五歲，已經到談戀愛不願意費力氣的時候了嗎？

#02

感覺誰都差不多，又感覺誰都差一點。
談戀愛不應該是這個樣子的。

雙魚小姐有股與生俱來的浪漫氣質，她的「心動史」蠻多的，

從咖啡館隔壁桌的白襯衫男子到公司裡新來的市場部大叔，從木訥的理工男到擅長活躍氣氛的滑板少年，橫跨各種職業、境遇和相遇契機，她都有自己心動的理由：皮囊或人品。

但這些流動於情緒表層的喜歡，僅僅止步於心動，大家從來沒見她正正經經地和誰在一起過。

有過黯然傷神的夜晚，雙魚小姐坐在盛滿虛妄的小酒館裡掰著手指數落那些不成形的愛情，最終得出的結論是：談戀愛這件事太麻煩了。

喜歡一個人很簡單，萬般臺詞，做獨角戲，不需要為誰負責。談戀愛卻是需要面面俱到，站在對方的立場思考問題，盡量折中，以溫和的、不傷人的方式去鞏固這份愛情。學會適當放下自尊是個惱人的過程。

生活已經如此擁擠，哪裡還有空隙去照顧另一個人的感受？

「我已經二十五歲了，玩不起了。我的戀愛對象，不能再是心性不定，不能再是窮光蛋，性格和未來都要考慮。可如果要讓我完全妥協，像在百貨公司挑選衣服那樣，貨比三家選擇一個條件合適但不喜歡的人，我也做不到。」

雙魚小姐嘆口氣，喝光了面前的長島冰茶。

合適的等不到，出現的難長久，有過許多明明暗暗的曖昧遊移，總覺得離愛情差那麼一點意思。只好繼續和時間對峙下去。

雙魚小姐在回家的路上看著外面對立排排站的路燈，覺得恍神，十幾歲時為了愛情會失眠、會倒在床上哀嚎半天，二十幾歲再

被戳中痛處，只會摀住鼻子，發出嘶的一聲，轉身就若無其事去和客戶繼續談判。演技連最好的演員也比不過。

其實我們都知道，一切「我只是想找一個相處起來舒服的人」的言論都是假議題。談戀愛，哪有可能絲毫不費力氣。

只是不願意自己終究也成了薄情人。

打著「戀愛需慎重」的幌子，期待出現一個像過去的自己那樣的傻子。

#03

天蠍先生，二十五歲，大學畢業三年左右，自己當老闆創業做電商，將工作和生活打理得井井有條。

最近，他正在裝修自己的新家，時下很流行的性冷淡風。

灰色床單，米白地毯，桌子上除了一盞檯燈幾本書，沒有其他物品，包括電腦。臥室裡彌漫出的「情緒名片」是男性的一種克制感，簡約、嚴肅，盡量把空間壓縮成清晰的分區，典型的單身公寓。

天蠍先生說自己有嚴重的恐婚症，不光是那紙結婚證書造成的壓力，光是聽到戀愛，都會發慌。

所有在親密關係中受過傷害的人，都會或多或少留下點後遺症。天蠍先生和前任的故事，是那種很純潔的校園愛情，大學時候兩個人因戲劇社的一次合作而迅速沉淪，從戲外走到了現實，是許多朋友眼裡的模範情侶。

「那個時候我非常努力，想讓女朋友過生活品質好一點的日子。」少年的諾言赤誠而堅挺。

畢業後，天蠍先生和女朋友留在大學所在地，進了同一家公司，目的都是讓未來這個鏡頭定格住他們在一起的每分每秒。每天早上在街頭的傳統早餐店，呵著豆漿的熱氣為對方加油打氣。

一房兩人，三餐四季。

那是青春裡最好、最無畏的幾年，怎麼磨難都不允許自己退縮。

後來因為工作中的觀點不同，兩人的爭執越來越多。半年後，女孩子升職成部門主管，天蠍先生決定辭職，他離開公司前，女孩和老闆在一起了。

「但我相信她的工作是靠自己能力拿下來的。」

天蠍先生一直都是很倔強的性格，所以女朋友才替他取了這樣的名字。

她一定沒有想過，離開她之後的天蠍先生藏起了渾身的刺，變得格外溫和，也不容易讓人靠近。

有些人，受了傷，便很難再傾付真心，
成年人談戀愛，
要麼不給真心，要麼掏出所有，
錯過最愛的人，
內心深處那充沛的水分便慢慢消失殆盡，
蒸發在失望谷底。

受過重傷的愛情顯得太過老態龍鍾。和前女友分手以後，天蠍先生便沒有再主動靠近過任何女生。我知道，他心裡住著的那個人，還是她。

害怕受傷，是因為還沒有放開那個傷害自己的人。

天蠍先生買了新房，附近有海，是那女生曾說過的最喜歡的地方。如今，他有事沒事時總是一個人去看海，海風很大，鬆開的手，人們會習慣插進自己的口袋。

或許有一天，他會遇到新的人，會結婚，會生孩子。可是他說：「但我沒有那麼多時間去陪另一個人做傻事了，有金色太陽雨的夢，一生一次，就夠了。」

#04

「怎麼說呢……我還相信愛情，只是，不相信自己能剛好遇到。」射手小姐嘆氣道。

青春電影這麼多年仍然可以拿著一張情懷牌輕易叩開大眾市場和人心，證明「純粹的愛」是多麼奢侈的東西。

二十五歲之前（或者說，現代人的情感尚未被標準化之前），我們的擇偶標準很簡單，不過是喜歡就好。十幾歲的愛情沒有任何多餘的組織架構，豐厚的物質吸引、社交媒體上過分放大的心理比較、有關愛情的種種高低判斷尚未侵入心理防線，喜歡一個人，決定和他在一起，都是輕而易舉的事情。

過去，暗戀一個人三年五載，大家都不覺得傳奇。

現在，追求一個人十天半月，都能引得眾人唏噓。

戀愛似乎成了速食品，耐心這劑原味材料，早已被生活這碗渾濁的熱湯給沖散消沫。現在喜歡一個人不叫喜歡，叫「撩妹或撩男」，聽起來就是一種刻意行為，而非在自然狀態下發酵出的情愫。

射手小姐說她覺得蠻失望的，本來有個追她的男孩，她很喜歡，差一點就要答應時，無意中知道對方和朋友抱怨「這個女孩太難搞定了」，聽到這番話的射手小姐很難過。

用「搞定」這個詞來界定的戀愛關係，缺乏尊重和愛情的純粹。抱著觀望態度的射手小姐對男孩試著冷淡了幾天。

沒多久，對方在SNS上傳了「牽手照」。

該說男孩移情別戀太快了嗎，還是現代人預設的戀愛模式本身就是快速配對？射手小姐始終不明白。

渴望被點燃，又害怕失去光亮。

成年人談戀愛真的太不容易了，怕麻煩、怕受傷、怕失去自我，怕被辜負也怕辜負別人。互相試探中小心翼翼靠近，在決定交付時，對方一招釜底抽薪，就將長在暗自竊喜上的那層毛茸茸的青苔收割得一點痕跡都不剩。

與其說射手小姐這樣的狀況是二十歲遇到的「戀愛中年危機」，不如說，這是殘酷世界送給我們的「成人禮測驗」。

談戀愛，終究是一件私密地、用力地塗答案卡的過程，總是在意成績而不敢下筆的人，最後恐怕得拿鴨蛋。

大膽去喜歡一個人，接納一個人吧！

沒有對錯，只問內心。

放心地去做選擇，和過去的自己告別吧！

每一條路，都不徒勞。

如同電視劇《我的生存之道》中說：「世間有無數喜宴，情人誰來奉獻，我有膽總應該會遇見。」遇見，請別收斂。

別人都説隔牆有耳，但我説，隔牆有你

心碎是看著一朵一朵的煙花從雲端墜落，
越是驚豔的從前，越是卑微的鋪陳，
失控的熱淚啊，打濕人間，
令所有按部就班的感情毀滅得猝不及防。

♡ ◯ ▽　　　　　• • • • •　　　　　🔖

 發泡錠小姐

矜持誰不會，但愛你這件事實在無處遁逃。她不想騙自己，也騙不了自己。遺憾或受傷都好，無論如何，她都不能讓一段感情死得不明不白。

#01

你吃過維他命C發泡錠嗎？

就是一粒橘粉色的圓片，丟進裝滿白開水的杯子，時間彷彿固化，變成氣泡，翻滾出充盈的甜味，水面浮現一層薄薄的霧，像火山爆發過的痕跡。

發泡錠小姐就是這樣的人，一點就著，隨時隨地會以自己的情緒為中心，影響方圓十里。

她第一次見到鎮定先生真人是在廚房。

蟑螂出現在水槽裡時，發泡錠小姐忍不住尖叫起來。她這個人天不怕地不怕，唯獨蟑螂是她的剋星。不愧是學過兩年美聲的女生，這一吼，把其餘兩間屋子的室友都嚇了出來。

鎮定先生是住在她隔壁房間的那位，常年在合租群組裡不說話，神龍見首不見尾，連表情符號都吝嗇地只發手機內建的emoji。

「聽說是個程式設計師。」另外一個合租的女生私下和發泡錠小姐討論過這位神祕室友。

他早出晚歸，沒有人知道他早上幾點出門，晚上幾點回家。只有那次，凌晨兩點鐘，鎮定先生在聊天群組裡@了向來最活躍的發泡錠小姐請她幫忙開門，正在敷面膜的發泡錠小姐蹦蹦跳跳地跑出去開門，誰料開門之後，鎮定先生快步走向臥室。

表情冷得像冰塊一樣，連聲謝謝都不說。

這樣的人，真是夠了！

那天晚上發泡錠小姐迷迷糊糊做了很多夢，夢到剛來這座大城市的那年跨年，摩天大樓在夜幕中誇張的漫天煙火，有異世界時空錯落之美。

這房子是她咬牙租下來的，經過一番折騰，終於有了點「家」的樣子，室友都是從租屋社團上的室友徵求文吸引來的。

鎮定先生當時給她的留言很特別，是一張手繪地圖。

上面密密麻麻標記了附近的辦公大樓、社區、超市、醫院、學校、健身房以及年輕女孩喜歡去的百貨公司，他還貼心地標記出發泡錠小姐所在社區通往地鐵站的最佳路線。從東門走，看似距離短，兩個大的十字路口卻常常耽誤上班族的快步進程。

走北門，相對繞路，卻是最快時間可以抵達地鐵站的路線。發泡錠小姐這個理性的摩羯座被這份認真所打動，把房間租給了鎮定先生。

細細數來，鎮定先生搬來後，兩人沒打過幾次照面。而此刻發泡錠小姐穿著薄荷色的居家服站在廚房裡，因為過度驚嚇而打翻了手中的泡麵，醬紅色的湯汁順著她的衣物紋路蜿蜒流下去，滴答滴答，再砸到拖鞋上，讓她整個人看起來十分狼狽。

發泡錠小姐從沒這樣丟臉過，她注意到，鎮定先生似乎在憋笑。

鎮定先生沒說話，把水槽裡的傢伙迅速解決掉，然後從目瞪口呆的發泡錠小姐手裡拿過了碗，放在水龍頭下沖洗。

半個小時後，鎮定先生端著一碗熱氣騰騰的手擀麵，敲開了發泡錠小姐的房門說：「不要總吃泡麵，對身體不太好。」

不知道是不是屋子裡溫度太高，發泡錠小姐覺得臉頰發燙。

#02

後來，發泡錠小姐回想起自己是如何喜歡上鎮定先生的。

那一碗麵，算個開端。

從那之後發泡錠小姐就開啟了「自動化窺探心意」的少女模式，不自覺注視對方，在這間套房裡抽絲剝繭地捕捉愛情的影子。

鎮定先生穿 44 號的鞋子，外套和 T 恤都是一個小眾設計師的牌子；他不喜歡用髮膠，頭髮總是洗得清清爽爽，有點像青春期裡女生們都會寫進日記，坐在教室最後頭的少年；他看起來沉默寡言，靠近時會紅耳朵那種。

鎮定先生總是最晚下班回家的那個，進門的腳步聲很輕，轉門鎖的動作小心翼翼，發泡錠小姐注意過好幾次他的肢體語言，是貓系的輕盈和謹慎。他就是這樣一個人，不願意打擾別人，但當室友需要幫忙時會默默站出來。

鎮定先生每隔一段時間就會消失大半個月，行李箱的齒輪，在清晨的地板上碾過去，順便也帶走發泡錠小姐驚醒的心。

在公司，失魂落魄的樣子被同事看到，難免被取笑，發泡錠小姐懶得回擊，只是在午飯空檔呆呆望著窗外，想鎮定先生去的地方今日是否陽光充沛。

好幾次衝動之下，發泡錠小姐都想透過合租群組，去加鎮定先生好友。

可每次點開對方的頭像，總覺得缺了一個理直氣壯的藉口。

直到某日，發泡錠小姐的公司派她去隔壁辦公室談商務合作。這是一個共用的辦公空間，裡面密密麻麻塞滿了大小公司近十家，發泡錠小姐對這裡不算熟，但聽過一個「傳說」。

傳說，這個共用辦公室的走廊盡頭那間辦公室裡有一個怪人，是一家行動應用程式的公司負責人，公司搬進來半年了，至今沒幾個人見過他正面。早上阿姨打掃環境時，他就來了；晚上警衛大哥來巡邏時，他還在。吃飯什麼的總是靠叫外送解決，偶爾來到公共區域，他也只是站在落地窗前打電話。

可以說是創業者中的苦行僧。

就算長得像志玲姐姐的前臺美女去搭訕，他都不搭理。

發泡錠小姐曾調侃：「他呀，三分有家室，七分是鐵gay。」

想到這，發泡錠小姐忍不住笑了。可不知道為什麼，她突然想到鎮定先生。他這個工作狂，從他總是把鞋子刷得晶亮和房間永遠乾淨整潔的細節上看來，確實不太像個直男，或許他和這個怪人一樣？

冒出這個奇怪念頭時，發泡錠小姐打死都想不到，幾分鐘後，當她路過那個怪人的辦公室時，剛好碰到了迎面出來的……鎮定先生。

「怎麼是你？」

「怎麼就不能是我？」

鎮定先生靠在門框處，饒有興致地打量著發泡錠小姐。

這個女孩子還真是傻得可愛啊。

#03

　　自從知道鎮定先生就是共用辦公室裡的那位怪人後，發泡錠小姐想通了很多事情。比如，鎮定先生為何早出晚歸。比如，鎮定先生消失的大半月，原來是去了外地的總公司。

　　他所做的社區服務類APP專案，是原來公司獨立分支出去的創業專案。

　　最初沒有多少人看好，但憑著一腔熱血和專業能力，原來的公司投資他北上，開拓市場。對鎮定先生而言，最重要的就是工作。

　　小時候聽歌，曲子永遠是第一感覺，然後才是歌詞，歌詞過後是背後的故事。發泡錠小姐對鎮定先生的喜歡進度條，莫不是如此。

　　「怪不得他最初給我留言的手繪地圖那麼詳細，原來他做的產品就是這個方向呀。帶給大眾更好的生活體驗，對他來說，很有成就感吧！」發泡錠小姐最初被他固執的神祕和偶爾的溫柔所打動，繼而靠近他、理解他、敬畏他，這個男孩沒比自己大幾歲，對於工作和生活卻明顯比她更有見地。

　　「你知道那種感覺嗎？就是感覺，對，就是他了！」

　　發泡錠小姐看清楚自己的心意後，決定不再畏畏縮縮，開始明目張膽地出現在鎮定先生的生活裡。

　　鎮定先生早上出門時，發泡錠小姐會從廚房探出頭來，遞上自己做好的愛心便當。鎮定先生勉強地收下，晚上遞過來的便當盒裡藏著一張紙條，上面寫著：鹽放多了。

在辦公室的茶水間裡，發泡錠小姐展現自己的泡咖啡技術，奶泡卻總是打不好。糖的分量，時而過甜，時而寡淡。而可憐的鎮定先生不僅要加班，還要當人肉試驗機。

星期天，鎮定先生一如既往地窩在房間裡研究用戶回饋，卻被發泡錠小姐拉去逛IKEA。穿梭在熙熙攘攘的場景化展示間裡，發泡錠小姐說出自己的想法：最好的用戶體驗，是讓自己成為其中的一員，IKEA就是個充滿生活氣息的地方，有服務，有人情，有家的氣息。

發泡錠小姐說這些話時，眼睛裡都閃著光。對面的鎮定先生，看得失神。

這個女孩有著滿滿的力量。從小到大，除了他所做的網路產品之外，還沒有什麼帶給他如此大的震撼。

那天晚上，發泡錠小姐拎著一大堆生活用品和鎮定先生上了樓，她說不出來的開心，兩個人逛IKEA，彷彿是新婚夫妻去添購傢俱的感覺。想到這裡，發泡錠小姐下意識地「噗哧」一聲，笑出了聲。

藉著走廊裡昏暗燈光所帶來的曖昧氛圍，發泡錠小姐鼓起勇氣說：「那個，我們可以做一輩子鄰居嗎？」

鎮定先生愣了愣，說：「我很快就搬走了。」

#04

心動和心碎，有時就是一線之隔。

心動是漫天煙火來襲，身不由己仰起脖子去觸碰那美麗。

心碎是看著一朵一朵的煙花從雲端墜落，

越是驚豔的從前，越是卑微的鋪陳，

失控的熱淚啊，打濕人間，

令所有按部就班的感情毀滅得猝不及防。

在這段繾綣綿密的相處時間裡，發泡錠小姐一直覺得，鎮定先生是喜歡她的。哪怕這份喜歡，比不上她對他的多。

她始終沒有料到，鎮定先生的冷淡，來得這麼快。

告白之後，鎮定先生總是躲著她，無論是在家裡還是在公司裡，完全不給發泡錠小姐說話的機會。好幾次，發泡錠小姐的同事都告訴她，算了，何必對一個冷淡的怪人如此認真。

可她總覺得，哪裡不對勁，依照鎮定先生黑白分明的個性，他不會如此敷衍她。

矜持誰不會，但愛你這件事實在無處遁逃。發泡錠小姐不想騙自己，也騙不了自己。遺憾或受傷都好，無論如何，她都不能讓一段感情死得不明不白。

發泡錠小姐沒有想那麼多，那天晚上，她等到半夜十二點，在公司樓下堵住鎮定先生要一個答案：「你到底有沒有喜歡過我？哪怕只有一點點。」

冬天的風很大，鎮定先生突然想抱住眼前這個女生。

可理智告訴他不行。

他只是一個前途未卜的創業者，隨時可能失業，在這裡尚且買不起房，又如何能給發泡錠小姐安穩優渥的生活。我們都不是十幾歲的小孩了，喜歡一個人，任由磨難，絕不後退，這樣的喜歡在鎮

定先生眼裡是不負責任。

如果不能給她更好的生活，他寧可把對她的喜歡，藏在胸口，祈禱有人替她捂暖手。

#05

鎮定先生搬走的那天，發泡錠小姐替自己煮了碗麵，吃著吃著湯汁就變鹹了。

笨拙如她，貧瘠如她，粗魯如她。長久以來，她努力地想要去靠近他，不是為了讓他愛自己，而是希望日後在茫茫人海裡被沖散時，他能在某個刹那回憶起屬於她的味道。

就像此刻，這碗麵一樣。

很長時間裡，身邊的人都沒有再和發泡錠小姐提起鎮定先生。她也不再刻意「偶遇」。直到有一天，她在滑手機時無意當中看到另一個室友，轉發了鎮定先生的一則發文。

那是一張仰拍的窗戶的照片，橙色的窗簾。

配文：今晚的月色真美。

那個窗戶就是發泡錠小姐房間的啊。

在日本有人把「我愛你」翻譯成「今晚的月色真美」，這個梗很老套了，但被鎮定先生說出來卻是那麼動人。發泡錠小姐恨不得立刻衝到鎮定先生的辦公室去問他，你是不是喜歡我，不然為什麼大半夜跑到我家樓下拍我的窗戶？

發泡錠小姐忍住衝動，點開鎮定先生的SNS，才知道，這個傻瓜，哪是不喜歡她，只是害怕不能給她更好的生活。

#06

鎮定先生沒有想過，自己「跟蹤」發泡錠小姐這件事會被發現。

因為最近他發現發泡錠小姐總是加班，離開的時間都和他快差不多了，太晚了，因為不放心，就躲在幾十公尺外的距離默默護送她回家。

誰曾想，原本走在他前面的發泡錠小姐，會在他恍神的空檔，突然蹦到他眼前：「你是不是又忘記帶門禁卡啦？」

發泡錠小姐拍拍他的肩，遞上一串鑰匙。

原來，她什麼都知道。

鎮定先生覺得自己真蠢，這麼好的女孩子，居然被自己傷害過。想想都無法原諒自己。他生平第一次想拋棄自己的理性，開口說：「妳……」

「你等一下，讓我先說。」

「我們都是成年人了，我不需要你買房買車買口紅給我，我不需要你把薪水交給我。我不需要你養我，我只需要你喜歡我。如果你覺得我說得對，就點點頭，如果你覺得我們真的不適合，以後也不用再偷偷送我回家了。」

發泡錠小姐劈哩啪啦說了一大堆，嘴上裝酷，內心卻緊張得一塌糊塗。

天曉得，這個木頭腦袋又會說什麼啊。

這世上怎麼有這麼可愛的女生啊。

鎮定先生想到很久很久之前，他在辦公室第一次注意到了發泡錠小姐的那天。她總是那麼生機勃勃的，綁著高高的馬尾在辦公室裡晃蕩，喜歡對著窗外的摩天大樓發呆。

她一定不記得自己某日在茶水間裡說過的話了。

那時鎮定先生剛搬來這座大城市創業不久，心情低落得很，對自己開發的新專案不太有信心。在路過茶水間時，他聽到一個女生和同事風輕雲淡地說：「這裡就是一個用努力換天分的城市。現在是全民創業，即使創業最終沒有創造奇蹟，也是一段美麗的經歷啊。」

聽完這段話的鎮定先生備受鼓舞，也開始關注起這個女生。

無意間得知她在徵求室友之後，才有了後續發生的一切。

「自從我第一次看到妳，我所走的每一步，都是為了更接近妳。大家都說我的步調很慢，其實我也可以很快，比如，妳在前面等我。」

「這麼說，是你先喜歡我的啊！」

「別人都說隔牆有耳，看來，我們的愛情是隔牆有你。」鎮定先生俯下身子寵溺地笑道。

你是我一個人的驚心動魄。

可是我不能永遠活在這種跌宕而沒有未來的歡喜裡。

不喜歡也好，

放過你，也放過我自己。

愛情是什麼？

是撕裂自己給別人看。

好的愛情是有人路過，輕輕地幫你縫好傷口。

壞的愛情是赤裸裸地暴露傷口，卻無人憐惜。

最後一次用力擁抱，然後轉身送行

可是
我還學不會
說再見

愛沒有腐朽，只是凋謝了。
在愛裡摸爬滾打，
遲早有一天，我們會成熟。
不再幼稚、不再做傻事、
不再躍躍欲試、不再怒氣沖沖、
不再任由回憶張牙舞爪。
當然，也不再愛你。

最後一次用力擁抱，然後轉身遠行

愛要愛得不遺餘力，
分開時也請別嘆息

愛情沒有公式，即便你機關算盡，
也抵不過命運的執手落棋。

     • • • • •

 鴕鳥小姐

初戀很珍貴，但並不能因為這份夢幻的光環就忽略本質問題。不
合適就要及時分開，何必強撐著，等事情變得無可挽回才痛哭流
涕。

一生一世一雙人，是很美好的冀望，但不能因此就讓自己畫地為牢。

#01

鴕鳥小姐和男朋友戀愛長跑十年，是初戀，亦是完結。

兩個人從高中開始就是同班同學，大學考上同一家師範大學，畢業後也順利在同一間學校成為同事。在前年春天，兩人終於牽手踏進婚姻的殿堂，成為親友眼裡的神仙眷侶，大家都對這段感情稱讚不已。

十五歲時喜歡過的人，在二十五歲醒來的清晨仍能伸手觸碰。

這樣的愛情，已然完美。

可從來沒有人問鴕鳥小姐，他們的愛情是怎麼樣維持下來的，相處模式是怎樣的，兩人相處幸福嗎，性格合不合得來，會不會在爭吵過後的失眠夜溫柔擁抱彼此說抱歉。

所有人都沉浸在歲月冠以的美好假象背後，沒有人真真切切觀察過這段感情，包括鴕鳥小姐自己。

她只談過這一段戀愛，所有的標準都是對方給她的。

上學時兩人的座位一前一後，男生被鴕鳥小姐的溫柔美好所吸引，鴕鳥小姐被男生的可愛風趣所打動，從情竇初開到決定在一起沒有絲毫多慮。少年時代的感情本就如此純粹。

可是大學畢業踏上職場後，鴕鳥小姐和男生就有了不同的想法。

鴕鳥小姐想在業餘時間開一家屬於自己的手搖飲料店，男生認為女生這樣努力，實在沒必要。再加上他骨子裡有那麼點「直男癌」的潛質，認為女孩子就應該有個女孩子的樣子，當老師就很好了，幹嘛要拋頭露面去做生意？

　　面對男朋友的質疑，鴕鳥小姐內心那道蠢蠢欲動的裂縫，終於有了切口。

　　這麼多年來，她對這段感情總是有種莫名其妙的不安感，兩個人雖然經歷了很多，但在事業、愛好、人際關係等很多方面都出現了分歧，尤其是對方的大男人主義，過分時甚至不讓她和任何異性往來，連和學校裡的男老師說話，都能令他不開心大半天。

　　一想到這是自己的初戀啊，鴕鳥小姐就安慰自己，哪有戀愛不需要磨合的。直到結婚以前，她都以為時間會磨掉兩人性格的稜角。

　　可是不久前，聽說鴕鳥小姐辭職了，待業在家。

　　辭職的原因並非找到了新的職業方向，而是被當年那個謙謙君子般的男生家暴，兩個人從學校到家庭都鬧得雞飛狗跳，鴕鳥小姐一氣之下，辭職回了娘家。她靜下心來分析了兩個人這一路走來的相處模式，後知後覺兩人性格本就不太適合，當初選擇結婚，主要還是因為捨不得放棄這段彌足珍貴的初戀。

　　初戀很珍貴，但並不能因為這份夢幻的光環就忽略本質問題。不合適就要及時分開，何必強撐著，等事情變得無可挽回才痛哭流涕。

一生一世一雙人，是很美好的寄望，但不能因此就給自己畫地為牢。

談戀愛不是為了簡單找個人做伴過日子，
而是透過親密相處，
了解自己到底喜歡什麼樣的人，適合什麼樣的生活，
該成為一棵有力量的樹，
還是隨風飄曳、活得開心就好的自由小草。

多談幾次戀愛，本質上不是為了尋找愛情，而是為了清楚自己要擁有怎樣的人生。

不知道鴕鳥小姐接下來會做出什麼樣的選擇，但衷心希望，所有女孩在從戀愛到結婚的這個過程裡，耐心傾聽那個源自內心的聲音。但凡不安，總有根源。

#02

和鴕鳥小姐這種資優生相反，蒼耳小姐從小就是「不良少女」的典型代表。

從高中時期，就開始談戀愛，和同年級男生、隔壁學校的籃球隊隊長、遊戲公會排名榜上的高手都談過戀愛，一路走來，「收割」的小鮮肉足夠撐起一座戀愛博物館。

蒼耳小姐眼裡永遠都裝著一股生機勃勃的欲望，是敏捷的，是

絆不倒的。即便摔倒了也能輕快拍拍手，站起來，和著歌聲唱。

她是那麼生猛又勇敢。

永遠都在戀愛，或者，在去談戀愛的路上。

對她來說，每一次戀愛的背後都不是心血來潮，實實在在的真心是她談戀愛的唯一標準。對自己，也是對別人。

蒼耳小姐身上還有一股神奇的魔力，和她戀愛過的男孩，從來沒有說過她任何一句壞話。相反地，每前任男友聊起她，都是光明磊落地誇她可愛。蒼耳小姐不是那種長相驚豔的女生，勝在笑容好看，笑起來有點像《七月與安生》裡的周冬雨。

愛要愛得不遺餘力，

分開時也請別嘆息。

蒼耳小姐一直都是那種很清楚自己要什麼的女生。從不執拗於得不到的東西，也會對不合適的感情大膽說拜拜。在她眼裡，大部分人的戀愛都是排除法，雖然笨，但繼續嘗試，總會遇到對的人。

都說戀愛，是世間最好的修行，雖然路途中總難免有受傷，但越是靠近，越是能摸到朝聖的意義。

有時候大家會好奇長相平平的蒼耳小姐為什麼有那麼多人追，相處久了，才能體會到這個女生不僅真性情，更重要的是，很會替別人著想。

出去吃飯時她會不自覺注意到大家的喜好，遇到落單的朋友，她永遠都是那個開朗大方去打招呼的人。從來不會做情緒勒索的事

情，雖然稱不上多溫柔，但絕對是講道理的女生。

脫離掉性別角色，大部分人都會對這樣的女生心生好感。

用蒼耳小姐自己的話來說，這些都是戀愛帶給她的成長。她能從談戀愛所遇到的問題中，逐漸摸索出對親密關係的應對方式，不只是愛情。

最近一次看到蒼耳小姐發SNS，是她和男朋友、父母在一起的合照。

沒有任何配文，卻寫滿了幸福的樣子。

#03

《東邪西毒》裡有段臺詞：「以前我認為那句話很重要，因為我相信有些事說出來就是一生一世。現在想想，說不說也沒有什麼區別。有些事情是會變的，我一直以為自己贏了，直到有一天我看著鏡子才知道我輸了。在我最美好的時間裡，我最喜歡的人不在我身邊，如果能重新開始該有多好。」

而我想說：這個世界上沒有那麼多如果、剛剛好，你要抓得准才能遇見對的人。

在我們的青春時代裡，受到整體社會環境和輿論的影響，總是認為「談了很多戀愛的女孩是壞女孩」，如今想來，有點可笑。

心動是瞬間的化學反應，但戀愛和婚姻卻是漫長的與人格的撕扯。古往今來，多少女生就是吃了「少談戀愛」的虧，壓抑自己的情感，對某些早該斷捨離的感情遲遲不做了斷。

女生本就是感情動物，如果不能綜合理性和經驗來當作戀愛的評判標準，就很容易在一段感情裡失控。

以上，不是鼓勵濫交，只是希望你透過戀愛的方式更加了解自己。在真愛來敲門時，別站在門後死死堵著。在四周空曠寂寞如雪時，把握自己的分寸，去等一個能解開你內心摩爾斯密碼的人。

真正懂自己的人，有愛沒愛，都不會慌。

請用談戀愛的姿態去工作

在這個世界上，
只有工作是你付出就能換來成果的。
即便你一無所有，
仍能在「戰場」上披荊斬棘，
做英雄。

 胡楊小姐

> 很多人說她堅強，其實她並不堅強，她也會軟弱、會流淚、會孤單，可是那又怎樣？
> 她與生活短兵相接，卻從未退縮。她是從時間的墳墓裡摸爬滾打出來的人，因為太懂得生活殘酷，所以才要在精神世界的外殼，敷上厚厚的物質膜。

　　胡楊小姐是個很酷的女生。

　　這樣說，並不是指她百毒不侵、金剛護體，而是當她深陷情緒沼澤，仍能努力借助內裡足夠堅韌的精神藤蔓攀緣而出。

　　最難熬的那段時間，是胡楊小姐和前男友剛分手的那兩年，本該談婚論嫁的錦繡時光轉眼就被現實燃燒成灰燼。

　　兩個人從大學開始戀愛，在大城市裡生活多年，經歷過畢業、同居、跳槽、爭吵、出走、和好，終於在胡楊小姐二十八歲這年，兩個人的職業生涯進入穩步狀態。兩家湊一湊，在這座城市付個房子的頭期款沒有問題。

　　對於這段彌足珍貴的校園戀情，胡楊小姐是真心愛護的。

　　聽到好聽的歌忍不住遞給你一只耳機，看到想看的電影預告忍不住標記分享給你，吃到好吃的店家就情不自禁想著下次帶你來。路過的雲，驚動的風，泛起泡沫的啤酒，忍不住分享給你的一切裡，都藏著那份手舞足蹈的喜歡。

　　任是那麼雷厲風行的胡楊小姐在愛人面前，都是這般小心翼翼，掰碎了所有溫柔以餵養甜蜜的憧憬。

　　和前男友在一起的那些年，胡楊小姐努力得不像話。

　　除了本身的勵志屬性，其中亦不乏少女的一點點私心，胡楊小姐想，要是她努力工作，早日存夠房子的頭期款。他們兩個人就不用老是搬家、不用過得戰戰兢兢，也能讓原本喜歡陶藝的男朋友辭掉工程師的工作，盡情去做自己喜歡的事情。

可沒想到，在他們交往八週年紀念日這天，那個人會向胡楊小姐提出分手，不容商量，理由是胡楊小姐太像個女強人。她越來越忙，兩個人在一起的時間越來越少，他感受不到任何愛情的旖旎氣息。

縱然有千萬種委屈，也不允許自尊變得拮据。

有些東西一旦化開裂縫就很難再和好如初，胡楊小姐明白，問題不是出在所謂的「忙」上。工作沒有錯，努力沒有錯，提出分手的男朋友也沒錯，錯的是時間，**兩個還沒有足夠能力承擔生活真相的人，注定只能擁有一份搖搖欲墜的愛情。**

從大學時代兩人因文學社結緣，到畢業後一起來到大城市求職，從最初只領基本時薪的打雜實習生到能夠在各自領域裡獨當一面。

胡楊小姐回想起這些年來兩個人的種種經歷，最窮時，就連去餐廳吃頓浪漫的法式簡餐都只能停留在幻想階段。

可那又怎樣呢，當胡楊小姐在大街上收到男朋友遞過來的小熊維尼氣球時，還是忍不住泛起眷戀。

多幼稚，可是她卻愛死了這份孩子氣。

#02

分手後的第二天，胡楊小姐準時出現在辦公室。

沒有人看出她遮瑕膏後隱約紅過的眼眶，Dior 999 的正紅色口

紅，張揚而不失分寸，敲擊在鍵盤上的手指靈活有力，一個字，一個字，都是怒放的生命力。

哪裡像是失戀的樣子，比起尋常人的萎靡、失落、鬱鬱寡歡，胡楊小姐行走在煙火人間的姿態是昂首、明朗，絕不允許自己灰頭土臉過日子。

說不難過是假的，但比起沉淪在失戀的陰影中踽踽獨行，胡楊小姐更希望自己能夠在這段單身期中揚起熱情的辮子，把戀愛的活力精神，奮力馳騁在職場上。

每想他一次，她工作就用力一分。

忍不住想打電話給他時，就去找客戶談合作。

深夜裡回憶翻箱倒櫃地打翻酸澀味道，就咬咬牙為下個專案加油努力。

#03

失戀不可怕，因為有工作在，世界就不會崩塌。

見過很多「為了愛情而活」的女生，同樣佩服，但這種佩服裡多多少少有心疼的成分。將一個人當作全世界，這樣的愛，撐起來太過不易。一旦失去，萬劫不復。

比起終日抱著回憶當作下酒菜的人生，我更喜歡胡楊小姐，不管今天在愛情上有多麼的淚若梨花，第二天都能拎著包包踩著高跟鞋奔跑在通往未來的路上，用力拚搏。

很多人說她堅強，其實她並不堅強，她也會軟弱、會流淚、會

孤單，可是那又怎樣？

　　生活從不會因為你的遭遇而有所改變：商場不會因為你錢包癟癟而打折；飯店不會因為你貧瘠就饋贈你免費午餐；客戶不會因為你失戀就暫停案子等你恢復。傷過，哭過，日子還是得過。

　　胡楊小姐與生活短兵相接，卻從未退縮。她是從時間的墳墓裡摸爬滾打出來的人，因為太懂得生活殘酷，所以才要在精神世界的外殼，敷上厚厚的物質膜。

　　她熱愛工作，如同愛人一般。從不因內心的崩塌而對無辜事物進行遷怒。她撫慰孤獨、保護自尊、善待回憶，以慈悲之心真正愛著這個世界。

　　人生越是無力，越是不肯低頭。

　　胡楊小姐用談戀愛的姿態去努力工作，不是為了證明什麼，只是可以更理直氣壯地告訴自己：好看的衣服可以自己買；想去的地方可以自己去；漂亮的情話我已經在心口存夠了，如果有一天，遇見你，手中會握有與命運自由抗爭的權利。

　　先獨立，再長大。

　　先學會愛自己，才能續寫出美麗傳奇。

我不喜歡你時，最可愛

在愛裡摸爬滾打，
遲早有一天，我們會成熟。
不再幼稚、不再做傻事、
不再躍躍欲試、不再怒氣沖沖、
不再任由回憶張牙舞爪。

 沒頭腦小姐

她不是真的沒頭腦。
相反，她在職場上的表現可圈可點，只是每每碰到自己喜歡的人
時，就會變得傻傻的。用朋友的話說「像是中了毒」，所有心思
都放在愛情上，無藥可救的那種。

#01

你也一定這樣喜歡過一個人吧。

穿越萬千人潮,面對相似而模糊的背影,仍然能輕鬆分辨出那個人。

常常想:「我要是再漂亮點就好了,這樣看你時目光就不會再閃躲。」

跟在他身後不自覺連呼吸都變得小心翼翼,生怕對方覺得你的存在是個打擾。

按著Home鍵開開關關幾百次,沒完沒了地刷新SNS,手機一個震動就能讓原本意興闌珊的你變得神采飛揚。全世界似乎都是熱情洋溢的,唯獨你惦記的那個人,仍然無動於衷。

每一次聊天,先開始的都是你。

每一次說「時間不早了,快點休息吧」的都是他。

我住長江頭,君住長江尾,曾經以為這是世上最浪漫的事情,後來才發現不過是愛而不得的無奈嘆息。

一個寫下了飛蛾撲火的楔子,一個卻連做註腳的力氣都不願捨,喋喋不休的是我,患得患失的是我,說了幾百遍要放棄喜歡你轉眼卻開始思念你的,還是我。

#02

沒頭腦小姐就是這樣的女生。

她喜歡上一個叫阿木的男生，程式設計師，不高不帥，沒什麼特別引人注目的優點。

　　「但我就是很喜歡很喜歡啊。」她把腦袋埋進膝蓋裡，發出悶悶的聲音。

　　沒頭腦小姐是在公司舉辦的聯誼活動上，認識他的，阿木的公司基本上都是技術宅，沒幾個人對這類活動感興趣，就讓阿木代表前來。好巧不巧，阿木被安排坐到沒頭腦小姐身邊，剛開始，沒頭腦小姐並未注意到旁邊的他。

　　碰巧，有人來敬酒，服務生不小心撞到了沒頭腦小姐。

　　花了一個月薪水買的小禮服被潑上了紅酒漬，當著眾人的面，沒頭腦小姐滿心的怒氣撒不出去，只好去洗手間整理。回來時，她在不遠處就看到了阿木正拿著手帕擦剛剛她座位上零星未乾的紅酒。

　　不是沒有見過好看的男生，但眼前的人貼心和善良，瞬間勾起了沒頭腦小姐的興趣。

　　也不記得是誰開口說了第一句話。

　　總之，聯誼活動的後半場，沒頭腦小姐的壞心情澈底被阿木治癒。

　　阿木比沒頭腦小姐想像得更為有趣，他才不是只會寫程式的阿宅呢，他喜歡搖滾，喜歡痛仰樂隊，喜歡一切具備冒險精神的運動項目，聊起潛水來，沒頭腦小姐在他的眼睛裡看到鱘魚在唱歌，珊瑚在跳舞，深海三千盡是風情。

沒頭腦小姐，不是真的沒頭腦。

相反，她在職場上的表現可圈可點，只是每每碰到自己喜歡的人時，就會變得傻傻的。用朋友的話說「像是中了毒」，所有心思都放在愛情上，無藥可救的那種。

至於愛情的結果，她才不會想那麼多。

那次活動結束之後，沒頭腦小姐從簽到處拿到阿木的聯繫方式，加了好友。還透過各種管道和阿木的同事成為好朋友。費盡心機地打聽他的喜好，卻遲遲不敢行動，每天思考該找什麼話題和他聊天呢。那段時間，沒頭腦小姐的朋友們可遭了殃。

我曾經在凌晨兩點接過她的電話，她哇啦哇啦地一通亂吼，嚇得我以為出了什麼大事，後來才知道，那天晚上，她鼓起勇氣在通訊軟體上和阿木打招呼，對方卻沒有回應。

向來在生活中處變不驚的她，立刻炸了毛，整晚沒睡，一個個騷擾關係最好的朋友。

愛一個人時，

既不知天高地厚，又只懂躲躲閃閃。

沒頭腦小姐喜歡阿木的這段時間裡，變得簡直不像自己。從前瀟灑俐落的獨立新女性搖身一變，成了聽首情歌都能掉眼淚的小女孩。

愛就是有如此魔力吧，不論什麼性格的女孩，在這個拉鋸過程中都會回到少女的本質：纖細、敏感、脆弱而又生機勃勃。

會因為他不及時回覆訊息而生氣，也會因為他隨口一句晚安而竊喜。

會因為他和別的女生說話而吃醋，也會因為他的那聲「乖」而卸下所有負面情緒。

單身時是小仙女，愛你時是瘋丫頭。

沉浸在戀愛中的女人真是不能招惹啊，身邊朋友不敢多言，亦或覺得，喜歡一個人最美好的時刻就是如夢如幻、猜不透對方心思時。

大家樂得糊塗，沒頭腦小姐卻執意要問個清楚。

#03

主動久了，真的很累。

情人節那天，沒頭腦小姐下定決心，和阿木表白了。

「阿木，我有點喜歡你，你要是覺得可以，就試試看，不行就拉倒。反正一輩子這麼長，我又不會只喜歡你一個人。但是我覺得沒面子，朋友也別做了。」

沒頭腦小姐不確定阿木到底有沒有喜歡過自己。或許有吧，不然不會一次次安撫暴跳如雷的她，但若是真喜歡，為何不直言那句：我們在一起吧。

到底，還是不夠喜歡吧。

阿木給沒頭腦小姐的回應很官方，大意是認識不久，還不夠了解，談戀愛有點太倉促了。男生模稜兩可的態度，讓她突然清醒了。

她發覺自己在喜歡阿木的這段時間裡，變得一點都不可愛了。

　　暴躁、嫉妒、咄咄逼人、失去自我。

　　「你是我一個人的驚心動魄。可是我不能永遠活在這種跌宕而沒有未來的歡喜裡，不喜歡也好，放過你，也放過我自己。」

　　這是沒頭腦小姐給阿木的最後一句話。從那以後，她沒再提起阿木的名字。

　　後來，我曾問她：「對那個人，你還有感覺嗎？」

　　沒頭腦小姐搖搖頭，只是微笑，沒有說話。

　　愛一個人，會變得面目可憎。

　　不愛一個人了，反倒顯得大方得體，處處披著懂事的光環。

**　　愛沒有腐朽，只是凋謝了。**

**　　在愛裡摸爬滾打，遲早有一天，我們會成熟。**

**　　不再幼稚、不再做傻事、不再躍躍欲試、**

**　　不再怒氣沖沖、不再任由回憶張牙舞爪。**

**　　當然，也不再愛你。**

永遠在否定愛情的人，
不會擁有幸福

別說對不起，
說了對不起，
就該有人難過了。

 沙漏先生

> 如果你也曾不計得失、沒頭沒腦地愛過一個人，把全部真心交付給了對方，最後卻遺憾收場，你就會知道重新展開一段新的戀情有多難。

#01

　　沙漏先生是個不折不扣的悲觀主義者,尤其是在感情方面。

　　單身時,總是愛抱怨遇不到讓他心動的人,真遇到了,又縮在自己設下的幻想裡,不肯出來。

　　最近他就喜歡上一個女生,單名一個「春」字,兩人就讀同一所大學,春是舞蹈系的,身條如柳枝,面容如桃花,說起話來軟軟細語,翠袖風華,喜歡穿一身棉麻質地的白色連衣裙,長髮,頗有種古典美。

　　和文藝屬性的沙漏先生站在一起,從外貌到氣質,都十分般配。

　　明眼人都看得出他們彼此喜歡,只要有對方在,眼神就變得閃爍其詞又按捺不住的好奇。

　　沙漏先生和春是在校慶活動上認識的,擅長鋼琴的沙漏先生和跳舞的春,以及戲劇社的幾位朋友合作一個舞臺劇,兩人一見如故,舞臺下的接觸也逐漸頻繁。

　　可不知道為什麼,沙漏先生對春的態度總是忽冷忽熱,導致兩個人的關係,近時如樓臺月,遠時如鏡中花,虛虛實實,讓人看得糊塗。

　　後來在一次同學聚會上,大傢伙兒藉著啤酒的後勁開始玩真心話大冒險。

　　四月的夜裡,空氣冷得發脆,沙漏先生坐在春的對面,被人問

起初戀，有些醉意的沙漏先生徐徐道來。

那時還在高中，沙漏先生和鄰座女生偷偷談戀愛，背著家長老師，和所有初戀一樣，純粹、澄澈、怦然心動，在放學路上悄悄牽起對方的手，掌心都會冒出濕潤的汗。

「後來呢？」有人追問。

回憶就像一面碎玻璃，看似無形，實則容易讓人遍體鱗傷。

那樣美好的畫面停留在考大學之前。兩個人原本說好報同一所大學，沒想到，經過一個暑假，沙漏先生等來的卻是對方準備出國的消息。

沙漏先生失望透頂，不僅因為女孩欺騙了他，更因為女孩在未來的人生規劃裡，從來沒有他。

從那之後，他就認為這個世界上沒有百分之百純粹的感情。

「大家都愛自己超過愛對方。」沙漏先生說這話時，不敢看春的眼睛，只是仰頭，喝光了面前的酒。

如果你也曾不計得失、沒頭沒腦地愛過一個人，把全部真心交付給了對方，最後卻遺憾收場，你就會知道重新展開一段新的戀情有多難。

#02

愛情是什麼？是撕裂開自己給別人看。
好的愛情是有人路過，輕輕地幫你縫好傷口。
壞的愛情是赤裸裸地暴露傷口，卻無人憐惜。

那次聚會之後，沙漏先生和春都沒有聯繫對方。偶爾在學校裡碰到，沙漏先生想上前說點什麼，卻看到春倉皇逃走的背影。

春是喜歡沙漏先生的，可她清晰地感受到，沙漏先生對她的喜歡，不夠堅定。

沒有人知道，春和自己打了一個賭。如果沙漏先生就此打住，不再往前，她就識趣地將這段故事畫上句號。

另一邊的沙漏先生，身邊沒有了春的笑聲，日子變得空蕩蕩的。

在練習室彈鋼琴時總是恍神，不管面前的曲譜是什麼，他總是無意識地想起〈夢中的婚禮〉，那是春最喜歡的音樂，也是他們第一次合作的曲子。他想起那些光影斑駁的黃昏裡，春站在教室裡，對他微笑，柔軟的身體蓄滿力量，旋轉、跳躍，髮尾掃過空氣裡每一絲寂靜，也將他帶入到她的奇妙世界裡。

春很愛笑，她的笑有一百種味道。

站在舞臺上的笑是青草味，抱著小動物的笑是牛奶味，看書時的淺笑是木蘭香，打趣時的笑，冒著蘋果西打的味道，而看向沙漏先生時，她的笑，卻淡然無味，顯得心酸。

沙漏先生想衝過去抱抱她，卻找不到一個合適契機，坦白心意。

終於有一天，沙漏先生在好友的慫恿下，和春告白了，他在宿舍樓下等了春幾個小時，笨拙的模樣讓春決定繳械投降。

兩人最初的相處充滿甜蜜，一起練琴、跳舞，一起去圖書館看

書，一起吃火鍋吃到鼻尖冒汗。嬉鬧聲把青春襯托得無比肆意。

　　兩人是從什麼時候開始彆扭起來的，春也想不起來了。這段戀愛裡，缺乏安全感的是沙漏先生，不知道為什麼他時常帶給春一種莫名的疏離感。每次兩人拌嘴，都要春來主動和好。遇到觀點不同時，沙漏先生連討論的機會都不留給春，只是無比冷淡說「就這樣吧」。

　　最可怕的是，春發現沙漏先生的悲觀已經浸透到日常生活的方方面面。

　　有一次，他們去電影院看新上映不久的愛情片，春被電影裡去世的深情男主角打動，出來時忍不住哭了。

　　可沙漏先生的一句話，讓春愣住了：「這有什麼好哭的，天下所有的戀人都是要分開的啊！」

　　沙漏先生一臉不屑、無所謂的表情，讓她清醒意識到，或許在他的世界裡，任何一段感情都不可能長久。

　　一個連「愛」都不信的人，又怎能奢求他和你長長久久？

#03

　　果然，沒過多久，春和沙漏先生分手了。

　　兩個人自然都是痛的，但痛的方式和程度不太一樣。春是知易行難，忍住不讓自己崩潰，真正愛過的人，一旦失去，連呼吸都充滿了撕裂的痛。

沙漏先生也痛，但他的痛彷彿帶有一種預感，他失魂落魄，對身邊的人嘆息道：「看吧，我就說這個世界上哪有什麼真正的愛情。」

　　這話輾轉到了春的耳朵裡，痛上加痛。

　　春和大多數女孩子一樣，渴望愛，相信愛，勇敢愛，當意識到對方不合適時，不會刻意勉強，更不會允許自己尊嚴盡失地挽留對方。即便如此，她的愛，也是純粹赤誠的。

愛時全力以赴，不愛時甘心認輸。

這才是對待愛情的成熟方式，

不給自己設限，不給對方過分美麗的想像，

不去討論任何結果，不去追尋什麼意義。

愛情唯一的意義，

就是讓我們在能擁抱時用力擁抱，

在必須分開時，微笑揮別。

　　宋冬野在歌裡唱：你我山前沒相見，山後別相逢。

　　若你與我，來年相逢。

　　塵霜滿面，往事潺潺。

　　迴盪在生命裡的執著與灑脫，終究帶我們去向不同的地方。

　　沙漏先生後傳過兩次訊息給春，都沒有得到回應。

　　一次是問：妳好嗎？

一次是說：對不起。

第一則訊息，是春在臨睡前看到的，整個人抱著手機蜷縮在床上，忍不住地哭。哪裡需要來問我好不好，這樣官方客套的話，叫我如何回答。我答好，是在騙你。我答不好，你就看出來我還在想你。其實，如果一個人真的在乎你的處境，稍加打探，你是可以知道的。

第二則訊息，是隔了半年之後，春在演出後收到的。

那種撕心裂肺的痛不會有了，只是隱隱的，被擰了一下的感覺。她打下一句話，最終沒有發出去：

別說對不起，說了對不起，
就有人該難過了。

不知道現在的春還喜不喜歡沙漏先生，但相信，她那樣溫暖的女孩，總會遇到真正契合的靈魂，不負好春光。但沙漏先生就沒那麼幸運了，他不是遇見或遇不見的問題，他是不相信愛，不相信自己，對任何感情都不抱有一個好的期待。

這世界上，還有很多很多的沙漏先生。他們或受過情傷，或從小深受家庭環境影響，或本性如此，他們看一朵花，只見得到腐朽。

從得到時，就已經在失去。

這些沙漏先生在心裡擺了一座沙漏，

沉浸在自己的「戀愛倒數計時」裡，

不可自拔。

從決定在一起的瞬間就開始倒數計時，

然後把好好的愛情碾成粉末，任它隨著命運流逝。

像這樣的，永遠都在否定愛情的人，注定不會擁有幸福。

他不是渣，他只是不愛你

誰年輕時，沒愛過幾個混蛋。
或者自己就是那個混蛋。
可是那又怎樣，
生活本來就很混蛋，
大不了我們一起滾蛋。

　　　　　·····　　　　　　

 便利貼先生

> 哪裡需要他，他就去哪裡。
> 助人為樂的初衷是沒有錯的，可若摻了男女之情，就變味了。
> 本質上就是「中央空調」，處處留情，卻沒有對任何一段感情負
> 責。而你不過是他路過的一扇窗戶，被他順手推開。

　　無情的人和多情的人，究竟哪個更傷人？

　　棉花小姐在網路上搜尋這樣的問題。

　　無情的人寒冷刺骨，越是靠近，越是連溫柔都變得僵硬；多情的人傷人肺腑，越是淪陷，越是連最後一點自我都要輸個精光。

　　嚴格來說，無情的人雖然無情，但可以令你清醒。

　　而那個自帶溫暖屬性的多情之人毒性之慢、之持久，更讓我們欲罷不能。誰不喜歡被照顧呢；誰不喜歡雨天屋簷下遞來一把傘；誰不喜歡臨睡前收到祝好夢的晚安；誰不希望眼淚掉下去時，有人接住；誰不希望找到一處心靈棲身之地，安放那些不與外人道的倉皇與孤獨。

　　棉花小姐就擁有這樣一段沉淪在溫柔裡無法自拔的愛情故事。

　　彼時，她剛剛大學畢業，在人生地不熟的外地工作，新公司第一個對她笑、買熱可可給她的男生，是她脆弱生活中唯一能抓住的救命稻草。

　　男生對她的確好。她加班，他默默陪伴，一同下班；她生理期，臉色慘白，他會偷偷在她桌上放個暖暖包；她偶然提及想念家鄉的小吃，他就抽時間帶她鑽進城市彎彎曲曲的巷子裡尋找那一抹老味道。

　　這個人似乎總出現在棉花小姐需要人關懷時。

　　「他好像真的很懂我，了解我，知道我想要什麼。」棉花小姐

如是說，很快她便習慣了身邊有這個人的存在。女孩子一旦認真起來，便每日一筆一畫地在腦海裡描繪著兩個人的未來。

可當棉花小姐問男生，兩個人究竟是什麼關係時，對方顯得很無辜：「妳在說什麼，我們不是好朋友嗎？」

棉花小姐當頭棒喝，才明白一直以來都只是自己沉浸在這場美夢裡。她眼裡的柔情蜜意，在另一個人的眼裡，只是無足輕重的舉手之勞。

後來，她才聽其他同事說，這個男生對公司裡每個女生都很好，了解A的喜好，熟知B正在追哪部電視劇，會在C失戀的雨夜趕去酒吧陪她坐一整夜，D搬家，他幫忙，E說想找個伴旅行，他也會自告奮勇上前。

因此，大家都在背後稱他為「便利貼先生」，哪裡需要去哪裡。

助人為樂的初衷是沒有錯的，可若摻了男女之情，就變味了。

便利貼先生的行為本質上就是「中央空調」，處處留情，卻沒有對任何一段感情負責。棉花小姐聽完同事們的經歷才知道，原來，自己不過是他路過的一扇窗戶，被他順手推開。

#02

大家都知道作家李敖是個不折不扣的才子，一生放蕩不羈，他當年有個同居女友劉會雲，也是臺大出名的錦繡才女，對他的感情可謂赤誠至極，兩個人也有過甜蜜愛情。

可誰都沒有想到後來的李敖會突然愛上電影明星胡茵夢，說了那句經典流傳的話：「我愛妳仍是百分之百，但現在來了個千分之千的。」

令人叫屈，又覺得多餘。

和劉會雲比起來，棉花小姐的遭遇似乎幸運了幾分。還好沒開始，否則半路分開更是傷痛難忍，可不管是李敖先生還是便利貼先生，都無法堂而皇之被蓋棺定論成渣男。

感情的事情不是非黑即白，不是「我和你沒有在一起，你便無法饒恕」。

便利貼先生著實不值得單純的棉花小姐託付終身。他人好，可對誰都好；他溫柔，可他的溫柔不是一個手中螢火，而是試圖普照大地的陽光。某種意義來說，中央空調型的暖男比那些不懂女生心思的鋼鐵直男危險得多。

漸漸地，棉花小姐說服了自己，抑制住內心冒出的情愫，再看便利貼先生時，也釋然了很多。有些人，生來多情，他自以為是地對別人好，卻往往令大家徒增煩惱。

和棉花小姐經歷相似，柳丁小姐也曾喜歡過這樣的一位便利貼先生。

那個人是柳丁小姐的大學同學，在所有人眼裡他們是只差一個正名承認彼此關係的「緋聞男女」，一起上課，一起吃飯，一起去圖書館占位子，每次寒暑假回來都會帶當地的美食給對方。男生

對柳丁小姐的態度可謂有求必應，對柳丁小姐的好，大家都看在眼裡。

大二那年，柳丁小姐闌尾炎發作，是那個男生衝到女生宿舍背她去醫院，整夜沒闔眼地守著。手術結束後，當柳丁小姐醒來看到那個男生趴在自己的床邊面容憔悴的模樣，她的心都化了。

她按捺住自己沸騰的心，等待他的告白。然而，告白遲遲沒來。

直到畢業，生性矜持的柳丁小姐藉著同學聚會之際，豪邁地灌了自己兩瓶啤酒，在男生送她回家的路上問出了埋藏心裡多年的祕密：「你到底有沒有喜歡過我？」

男生一愣，滿是驚訝。

柳丁小姐繼續說道：「我真的快要瘋了，這個問題在我心裡憋了好久。進一步沒資格，退一步捨不得，我不想再這樣下去了，偶爾吃個醋還名不正言不順。我想知道你是怎麼想的！」

蟬鳴的夏季，潺潺的燈光，忽明忽暗地打在男生臉上，有種悵然若失的安慰與忐忑。男生頓了好一會兒才開口：「我，我只是把妳當一個朋友，一個妹妹，一個無話不說的知己。」

紅顏知己，僅此而已。

和所有女生一樣，柳丁小姐聽到男生的回答後，先是難過，後是不解，既然不喜歡我，為什麼要對我這麼好？為什麼要讓所有人都以為你是喜歡我的？柳丁小姐的敏感和遲鈍全部都給了他，在愛情這個你畫我猜的遊戲裡，她從一開始就輸了。

#03

便利貼先生不是一個人，而是一類龐大、常見、又時刻潛伏在我們身邊的群體，他們往往風度翩翩，謙遜有禮，對所有女生都好，但從不輕易表露自己的心意。

他們不是嚴格意義上的「渣男」，只是太沒有界線感。

拿柳丁小姐的便利貼先生來說，他本沒想那麼多，因為和柳丁小姐聊得來，所以在她需要幫助時不遺餘力。陪柳丁小姐吃飯，送她禮物，在她生病時寸步不離地守著，對他來說，這都不是愛的表現，只是單純的友誼。他從沒想過，自己對柳丁小姐的好會變成傷害。

他有錯，但不是因為不喜歡她，而是沒有及時擺正兩人相處的間隙。

喜歡一個人時，熱愛全開，不要留白；
不喜歡一個人時，涇渭分明，不多表達。

多餘的感情和關愛不要隨隨便便給他人，把真心揣在懷裡，愛也自由，恨也自由，前提是找對了人。

人生若是一場荒誕，
我願意陪你半晌貪歡

被人堅定地愛著，
是做夢都會笑醒的事。

♡ ⬜ ▽　　　• • • • •　　　🔖

 遲到小姐

> 戀愛也好，結婚也罷，總不能像浪漫電影裡演的那樣全程都是甜蜜。除此之外，緊張、擔心、忐忑、失望、難過，都是戀愛的饋贈。我們需要接受的事實是，幸福是機率很低的事件，不一定每天都能遇到。

#01

惜愛如金。

是大部分現代人的愛情態度。

但「惜愛如金」與「惜愛如金」也是有差別的。有些人的惜愛如金是一場溫柔的等待，把自己全部的熱切、雀躍、忍耐都灌注到等待來日的歡愉綻放；有些人的惜愛如金則是克制，死命地克制，直到把那一束火焰澈底掐滅。

前者未必能收穫愛情，但後者一定會慢慢變成無法喜歡上別人，也無法被人喜歡的類型，因為太理性的人無法經歷甜蜜風暴。

你問我對於愛情的渴望是什麼？在時間流動中，享受短暫而濃烈的情感撞擊所帶來的震撼，沒有隱憂，不談因果，盡情捕捉對方眼裡的暖冬薄暮。

戛然而止是美，肆意是美。但在稍縱即逝的美好幻象後仍能捕捉到彼此的質樸與善意，決定建立起某種高度密切的關係，走向世俗的既定軌跡，亦不失為某種願力。

#02

我有兩個朋友，遲到小姐和碼錶先生，五年前他們在我無意中建的一個聊天群組裡認識的。遲到小姐說了一句「這裡的星空好

美」，碼錶先生便買了機票，飛往她所在的地方，開始了一段意料之外的愛情。

跨越兩千公里的荒蕪之旅，是反覆的試探，是兩個年輕人對於安全感的賭局和排解。遠距離戀愛的不安感，畢業季所面臨的就業問題，從兩個人到兩個原生家庭的磨合，熱戀期後浮出水面的瑣碎現實，在「自我」和「愛情」之間的割據、撕扯。

大部分戀人所遇到的分岔口，幾乎都被他們兩個人遇見了。

一開始覺得他們畢業可能會分手，結果他們一起到同一座城市工作了。後來有人說「再童話的愛情都抵不過生活的廝磨」，他們也如預言般，經歷了無數次的爭執、吵架，甚至半夜離家出走……

令人沒想到的是，他們竟然結婚了！

在摩天大樓的景觀餐廳裡，碼錶先生手捧玫瑰跪在地上，在女孩抱怨浪費的嬌嗔裡，念了一首小詩，緊張到冒汗的雙手遞上了戒指。之後他們登記結婚，邁入了婚姻的殿堂。

兩年後的今天，當我重遇這對情侶，見到他們依舊相愛的模樣，讓我由衷感到羨慕，也很感謝他們身體力行的堅持，讓我相信愛情本身的存在，是有能量的。

#03

　　被人喜歡太難了，但更難的是如何將這份喜歡延長，成為時間流動中唯一的繩索。某一天，遲到小姐和我分享了她在這份愛情裡收穫的一切。

・ 在愛情裡笨一點才是最好的方式

　　遲到小姐談到這幾年最大的變化，就是兩個人相處得更自在。維繫好家庭最重要的是女人的健忘和男人的承擔。長久相處帶來的除了熟悉、坦誠，更多的是體諒，彼此對彼此的底線都很清晰，沒有人會無端生事，一輩子太長了，不要自己氣自己。

・ 學會換位思考，溝通模式逐步進化

　　遲到小姐從前總是一副心事重重的樣子，心裡壓抑著也不輕易找人訴說。和這樣的女孩談戀愛，男生只能靠「猜」。

　　在遲到小姐試著學會換位思考之後，學會降低期望值，不會因為「你不懂我的細微情緒」而立刻炸毛。沒那麼敏感，就沒那麼愛抱怨了，兩個人的默契也越來越好，如此相處，得到的都是驚喜。

・ 撒個嬌就能解決的問題，就不要互相傷害了

　　有一次，我喜歡的男孩本來週末約了我，為此我推掉了朋友的邀約，結果，對方卻臨時放鴿子。我又不好意思怪人家，就在心裡生悶氣。

遲到小姐知道後，恨鐵不成鋼地說：「妳知道為什麼柔軟的女孩讓人喜歡嗎？」

我搖頭。

遲到小姐告誡道：「因為人家會撒嬌，會跟男生說白天我推了姐妹的約會，想要你陪。你別去了好不好？」

你的情緒解決不了任何問題，有時撒個嬌就能解決的問題，沒必要用傷人傷己的方式去刺激對方。

方式不對，反而弄巧成拙。

・所謂恩愛，有恩也有愛

碼錶先生有次開玩笑說，遲到小姐現在眉眼間開始有了賢妻良母的感覺。

什麼賢妻良母，歸根到底是溫柔吧。

沒那麼咄咄逼人了，沒那麼口是心非了，跟著自己的感覺走，從前的偏執和戾氣，都被兩個人在一起所產生的柔軟與溫暖所包裹起來。

愛是慈悲。當你明白，你所有的故意為之，最終刺傷的是身邊愛你的人，你還怎麼捨得讓他受傷？

・難過也是戀愛的一部分

戀愛也好，結婚也罷，總不能像浪漫電影裡演的那樣全程都是甜蜜。除此之外，緊張、擔心、忐忑、失望、難過，都是戀愛的饋贈。

我們需要接受的事實是，幸福是機率很低的事件，不一定每天都能遇到。

· 尊重彼此的原生家庭，深入對方的成長世界

結婚以後會發現，一個人的原生家庭太重要了。

大多數人身上的性格特質都源於幼年時期。比如遲到小姐，她有時候性格孤僻，對無目的性的對話和情感溝通非常恐懼，更擅長自己跟自己玩，是因為父母在她小的時候非常忙碌，總留她一個人在家。

很多的過去，組成了現在的我們。

在遲到小姐和碼錶先生相處過程中，碼錶先生會用耐心去包容遲到小姐偶爾的冷淡個性。兩個人吵架時，男生總是笑瞇瞇的，撫慰她的躁鬱不安，時間久了，弄得遲到小姐也沒了脾氣。

· 學會給對方時間，慢慢長大

沒有一份感情是完全契合的。比起電光火石的熱戀期，激情退去後的磨合期，才是我們需要面對的漫長問題。對自己的愛人別太苛刻，學會給對方時間，一起努力，慢慢長大。

· 我要去有你的未來

談戀愛不該抱有目的性，但兩個人在一起，總要對彼此的未來有規劃。或者說，在我的未來規劃裡，有你的存在。

人的安全感不是來自於愛，而是偏愛。人只有確定自己是那個例外，才能安心。

· 和「肯定你的人在一起」，會變得越來越像自己

「我跟他已經在一起好幾年了，有時候會懶得洗頭素顏出門，儘管如此，我們彼此都會互相讚美一番：你真好看，素顏跟認真打扮的時候一樣漂亮。」遲到小姐笑道。

和肯定你的人在一起，你會越來越有自信，也會越來越像自己。

喜歡並不會讓人的缺點消失，但在喜歡你的人眼裡，你的缺點，均在他的接納範圍，甚至帶著一層朦朧的美。

如果你和一個人在一起，變得越來越自卑，那這段感情便不能稱之為好的感情。

#04

聽遲到小姐講故事的過程中，有個細節深深打動了我。

「有一次，我因為腸胃不適，難受反胃，乾嘔到抽搐，一回頭，他哭哭啼啼地看著我說，生病的是我就好了。」

要多喜歡一個人，才能做到願意替對方承受所有的痛難？這或許就是大多數人想要的唇齒相依的愛情吧。

不僅僅是對心動的渴望，對願得一心人白首不相離的祈願，更是一種感同身受的惺惺相惜，是忘我，是不計得失，這才是情感最

純粹的模樣。

　　被人長久地喜歡太難，但我希望每個人都可以遇上對的人，被
人堅定地愛著，是做夢都會笑醒的事。

愛得澈底的人，分開同樣不留餘地。

你永遠無法想像彼時坐在你面前的人，

會在什麼時機，以什麼樣的姿態，

無聲無息地消失在你的生命裡。

最後一次用力擁抱，然後轉身遠行

關於你的很多細節我都記不太清了，

甚至有時候想起你的臉，我都有點陌生。

但喜歡你時的我所做的那些傻事，

都還一字不落地印在我的腦海裡。

或許，我們內心都住著一位馬賽克先生。

他是你有口無心的祕密，他是你欲言又止的嘆息，

他是即便面容模糊但仍在你生命留下濃墨重彩的唯一，

不可代替。

Chapter

4

最後一次用力擁抱，
然後轉身遠行

我們走了好久，
他送我回家，不知道是不是最後一次。
準備轉身離開的瞬間。
他說：「不擁抱一下嗎？」
我沒有猶豫地上前和他擁抱了，緊緊的。
然後，以同樣毫不猶豫的姿勢，走進了大門。
只聽到他在身後高聲說：「要幸福啊！」

好好說再見

全世界都在教人表白，
卻沒人教我們怎麼好好說再見。

 海洋先生

我們之間從來沒有好好說過再見，所以啊⋯⋯這份感情就像一塊
沒有耗盡的電池，獨留下我，等待哪天能恢復光亮。

　　從某個角度來看，愛情裡最美好的四個字不是「白頭偕老」，不是「相濡以沫」，而是看起來賣相寡淡的「有始有終」。

　　這個終，指結果，一對戀人最好的結局不一定非要結婚生子，從此過著所謂童話般的生活，有時候分開，也是另一種方式的圓滿。

　　多少愛情，開始時日夜祈禱，結束時一地潦草。如同公路電影裡逐漸散去的細霧，留給觀眾的只剩那意猶未盡的悵然感。因為全世界都在教人表白，卻沒人教我們怎麼好好說再見。

　　海洋先生來找我的那個晚上，點了杯貝禮詩奶酒，一杯奶油混合著威士忌的愛爾蘭甜酒。大多數男人並不喜歡這種甜膩的口感。

　　海洋先生喝起酒來，話很多，像個毛頭小子，而他嘴裡嘟囔著的永遠是泡沫小姐，他的初戀女友。

　　他們分開快四年了，平日裡海洋先生冷漠、理性、忙碌，成天飛來飛去，一副執行力超強的菁英模樣。只有在酒精的作用下，他才會打開話匣子，當然，說的還是那點陳年往事，關於泡沫小姐的一切。

　　她喜歡五月天和南拳媽媽；她喜歡收藏各式可口可樂的瓶子；她吃火鍋時胡麻醬和沙茶醬會各來一份；她生氣時會臉紅、會罵人，但除了「靠」再發不出任何音；泡沫小姐在梅雨季節來臨時，從來不帶傘，每次下雨都等他去接。他不去，她是不會走的。

過去海洋先生總和朋友抱怨泡沫小姐麻煩，哪有女生這麼橫行霸道的，可如今，海洋先生每次下雨天來酒館裡都是渾身濕透的狼狽樣，也不知是被誰傳染的。

電影《情書》裡有段臺詞：「總有一天，我們會成為別人的回憶，盡力讓它美好吧。盡力讓一切流水的經過不要只是逝去，盡量在還能夠開口說話時，留下些什麼，不要只是嘆息。」

我曾問海洋先生：「為什麼對泡沫小姐如此耿耿於懷？」

他答：「我們之間從來沒有好好說過再見，所以啊……這份感情就像一塊沒有耗盡的電池，獨留下我，等待哪天能恢復光亮。」

#02

海洋先生和泡沫小姐是大學時交往的，兩個人是出了名的歡喜冤家，處處針鋒相對，就連社團迎新也要擺擂臺爭個你死我活。

從大一鬧到大二，海洋先生有過無數次想衝進女生宿舍掐死對方的衝動，卻在某次聽說泡沫小姐從老家的樓梯上失足滾下去後，著急了整個暑假，恨不得飛過去看看她有沒有事，那種掛在心上擔心的感覺，除了是喜歡還能是什麼。

有時候，我們只能在時間的沖刷下才能看清自己的內心。

海洋先生不愧是行動力十足，意識到自己情感的轉變後，就展開了他的猛烈攻勢。

首先買通室友，在泡沫小姐宿舍窗外懸掛告白氣球；後來，聽說五月天要開演唱會，海洋先生苦苦存了一個月的生活費，買了兩張VIP票邀請她。

　　當阿信唱起〈溫柔〉讓現場燈光都熄滅下來時，泡沫小姐轉過頭在海洋先生熱到滾燙的臉上，留下一吻：「其實我也喜歡你。」

　　和所有熱戀的情侶一樣，海洋先生和泡沫小姐的愛情過程充滿浪漫，前一秒因為「你沒有點我喜歡吃的菜」吵起來，下一秒就會被對方甜膩的討好而樂得心裡開花。

　　少年時代的愛情，泛著傻氣，又傻得可愛。

　　這樣的日子一直持續到畢業，兩個人來到大城市。脫離校園的庇護，兩個初出茅廬卻又自命清高的傢伙四處碰壁，用海洋先生的話說，二十二歲的他，認為自尊遠勝於愛情。

　　度過社會的新鮮期後，兩個人開始為了雞毛蒜皮的事情爭論不休。因為太了解彼此，對付彼此的招數往往一刀封喉。

　　泡沫小姐：為什麼應酬不能接電話？

　　海洋先生：妳管得真多！（太累了！）

　　泡沫小姐：凌晨兩點還在鬼混什麼？

　　海洋先生：別鬧，我在忙！（拿下這個客戶，年底就能帶妳去日本旅行！）

　　泡沫小姐：為什麼上個月的薪資剛到帳餘額就少了一半？

　　海洋先生：我自己賺的錢，還不能花嗎？！（為了買生日禮物給妳呀！）

括弧裡的話才是沒有來得及說出口的真話，在針鋒相對之下，最後化在沉默裡，成了無聲的嘆息。

　　吵得最凶的那次，泡沫小姐奪門而出，連化妝包都沒有帶。

　　海洋先生想，她那麼愛美的一個人，第二天找不到眉筆、口紅肯定會瘋掉，心想她一定會乖乖回來，便心安理得睡著了。

　　可這次，泡沫小姐真的沒有再回來。

愛得澈底的人，分開同樣不留餘地。

你永遠無法想像彼時坐在你面前的那個人，

會在什麼時機，以什麼樣的姿態，

無聲無息地消失在你的生命裡。

#03

　　告別是底牌，就算是共同擁抱感情的末日，亦是一種溫暖。

　　「你就沒有再找過她嗎？」我猜你一定會問海洋先生同樣的問題。

　　「找過，也找到了。但她再也沒有一邊撒嬌一邊指使我做這做那，再也沒有紅著鼻子，打著取暖的名義鑽進我懷裡了。」

　　一般男生失戀的緩衝期最多一年半載，我曾猜想，海洋先生到了時候，會重新遇見心動的人，開始新生活。

　　直到後來的某一天，我無意中撿到從他錢包裡掉出的一張泡沫

小姐的照片，那是一張黑白照片，背面的日期是他們分開的那天。

原來，貝禮詩奶酒是泡沫小姐最喜歡的酒，海洋先生只不過藉著喝酒，回憶他們在一起的時光。

原來，那天離家出走後，泡沫小姐真的再也沒回來，她死於一場車禍，從此長眠。

「如果有機會，我只想好好和她說一聲再見。不偽裝，不冷淡，不說謊，不趾高氣昂，不要踐踏彼此的尊嚴，只想好好說聲再見。」這是最後一次見到海洋先生，他留下的話。

好好說再見，是最後的挽留方式，也是放下一個人重新開始的方式。

可惜，他再也沒機會。

你看這塵世三千琉璃人家，卻偏偏少了你那一片瓦。

如何能叫我不牽掛。

不要奢求在枯萎的秋日，
遇見春天

喜歡一個人就像打開一罐可樂，
用力過度，
會崩壞的。

♡ ◯ ▽　　　• • • • •　　　🔖

 八爪魚小姐

> 絕大多數人都不懂對一份失敗的愛情，最好也最溫柔的還擊，
> 是讓自己從內到外真正好起來。無需逞強，無需刻意，無需
> SNS上虛假的偽裝，每天醒來不會覺得心裡空蕩蕩，那個時
> 候，才算真的痊癒。

#01

後來，我也學會用「算了」這兩個字去勸慰所有鞭長莫及的感情。就像是一碗熱粥端到面前，用盡全力吹啊吹，想著快點入口，等到喝時卻發現原本清冽的表面結了一層混沌的膜。你不想破壞它的形狀，也體會不到它的溫度。除了把它倒回鍋裡重新煮一遍，找不到更合適的方式。當然，等它再端到你面前時，或許味道已不似從前。

我的朋友八爪魚小姐和男友阿南冷戰三個月了，期間，不管她怎麼去主動求和，對方都是副愛搭不理的樣子。

此刻她在我面前哭訴對方的絕情，我把面前的草莓奶茶推給她，勸她喝一點暖暖身子，她大半夜只穿了件雪紡吊帶裙跑來我家，初春的光景，還是很擔心她因此著涼。

八爪魚小姐的愛情故事我是旁觀者，但卻是從頭至尾都守著的旁觀者。

兩個人都是我少年時期的好友，他們戀愛七年，平日裡打鬧習慣了，經常吵架，但大多數時候都是阿南想辦法逗八爪魚小姐開心。

八爪魚小姐長得好看，月牙眼，櫻桃嘴，皮膚白皙得像是牛奶，讓人忍不住想用手指戳一戳。當初，阿南對她一見鍾情，後來費了不少功夫，才追到八爪魚小姐。

八爪魚小姐哪裡都好，唯一的缺點就是，控制欲太強。

自從他們在一起之後，八爪魚小姐就要求阿南不能主動和任何女生說話，可以有異性朋友，但前提是她得認識。去哪裡、幹什麼，都要隨時報備。即便是走在馬路上也要目不斜視，若是阿南不小心偷瞄了哪個好看的妹子，八爪魚小姐就會立刻炸毛。

剛開始阿南覺得這是吃醋，是在乎的表現，可後來她的要求愈發過分，阿南也開始覺得累了。

畢業後，八爪魚小姐在一所小學當老師，日子安穩，社交圈固定。而阿南從事房地產銷售，少不了要和客戶打交道，既然是客戶，總不能分什麼男女。

最令阿南生氣的是，八爪魚小姐竟然刪光了他通訊軟體裡的所有女性，裡面包括他正在洽談的潛在客戶。

這件事情是導火線，兩個人開始了漫無邊際的爭執，最後雙方都對這段感情充滿疲憊。阿南覺得八爪魚小姐就是不信任他，一段感情如果埋下了「不信任」的種子，就算它開花結果，最後結出來的果實也是拐瓜劣棗。

阿南深刻意識到，他們兩個人不適合，生性自由的他和習慣性掌握別人的她，注定不能長久。

於是，提了分手。

#02

所有愛情都是心意相通的人的勝利，無法相互理解的人的失敗。

世間男女，大多如此。

有時候，懂得比愛更珍貴。

可惜八爪魚小姐並不能體會這個道理，在她的愛情觀裡，喜歡一個人，就是要把對方牢牢抓在手裡。選擇和一個人在一起，就代表此生不渝。

所以，當阿南提出分手以後，她採取的方式是，用網購來逃避現實，整日沉浸在購物的快感當中，當感覺到心痛時，就打了一連串的五百字作文劈哩啪啦地丟過去。

剛開始阿南會回，畢竟是愛過的女孩，分手後說不難過是假的。好幾次下班後，阿南不知不覺就走到兩個人的母校附近，路過那家熟悉的滷味店，阿南會回想起，八爪魚小姐每次吃辣時鼻尖冒出汗的可愛模樣。

「以前逛街買衣服，上餐廳點菜，即便她不說話，一眼掃過去我都知道她想要的是什麼。她的生理期，每個月都是我提前為她準備好薑糖水和暖暖包。」

「說起來也是蠻傻的，剛分開的時候，我每天都有一千次的衝動回去找她。」

「但我知道，這樣不好。」

阿南向我重新還原了故事的另一面。愛情真奇妙，有時候說分手的那個，反倒最不捨。

在他看來，分開不是不夠愛。相反，是因為太在乎，所以才決定放過彼此，天高海闊，何必在愛情的籠子裡互相傷害。

我常常想，如果八爪魚小姐少一點任性、多一點理解，是不是兩個人的結局會有所不同？但轉念一想，失敗的愛情會教我們懂得「權衡與調節」，在下一段感情裡有更好的表現，可本質上，一個人的本性是無法改變的。

　　即便八爪魚小姐沒有刪除阿南的通訊錄，也會因為其他的導火線，引發戀愛危機。因為她從來沒有對男友有最基本的信任，還喪失了身為一個女生最可愛的氣度。撒嬌變成撒潑，最消耗愛情的能量。

　　冷戰的三個月裡，八爪魚小姐從最初的佯裝無所謂到後面的不知所措、一通亂吼，最激烈的那次，八爪魚小姐衝到阿南的公司裡胡鬧了一番，還妄自揣測：「你和我分手，是不是有了小三？」搞得同事紛紛側目，阿南很尷尬。

　　這句話，是壓垮愛情的最後一根稻草。阿南開始無比慶幸自己和八爪魚小姐分開了。

　　看到阿南決絕的樣子，八爪魚小姐倒是軟化了態度，只是姿態依然很難看。動不動就對阿南說「我求求你」諸如此類的話，一天發幾十則訊息，時間久了，阿南心裡只有厭惡。

乞求和討好不能換來愛情，

就像你不能要求在枯萎的秋日裡，

遇見春天。

#03

　　絕大多數人都不懂對一份失敗的愛情，最好也最溫柔的還擊，是讓自己從內到外真正好起來。無需逞強，無需刻意，無需SNS上虛假的偽裝，每天醒來不會覺得心裡空蕩蕩，那個時候，才算真的痊癒。

　　阿南在和八爪魚小姐分手半年以後，遇到了現任女友，那個女孩我們誰都不認識，也沒有去打聽人家的私生活。只是看到他公開的照片上，兩個人笑得很幸福。

　　滑到這張照片時，八爪魚小姐剛好和我在一起吃火鍋，煙霧繚繞，看不真切她的表情，但她竟然破天荒地對那張照片按了讚，繼而起身，說去一趟洗手間。大家面面相覷，沒有跟上前，畢竟有些事情還是要自己想通才可以。

　　不僅僅是八爪魚小姐，你我何嘗不是呢。

　　我們都曾是愛情裡張牙舞爪的那個人，仗著被愛，不可一世。當撥開眼前纏繞的水草才發現一切早已物是人非，有些東西溜走了，注定是抓不住的，越是用力，越是徒勞。

　　相逢莫厭醉金杯，別離多，歡會少。既然如此，還不如大大方方祝福對方，轉身去下個路口，尋找新的希望。

你是我生命中的一段馬賽克

愛到盡頭，不是非要一個結果，
不是非要探尋什麼意義。
愛的本身，就是抵達。

 馬賽克先生

> 關於你的很多細節我都記不太清了，甚至有時候想起你的臉，
> 我都有點陌生。但喜歡你時的我所做的那些傻事，還一字不落
> 地印在我的腦海裡。

#01

　　這世界上有兩個字，最令人難過，也最叫人歡喜。

　　「後來」，這是我們生命中唯一具備關聯性的轉折，沉默的念想，回憶的陳述，就這樣以互離的姿勢在時光的長河中佇立相望。後來，有關你的一切，都成為隔岸觀火流動中的祕密。

　　人這輩子啊，最害怕突然某個瞬間把一首歌聽懂了。

　　我在一天清晨醒來，打開手機，看到新聞報導劉若英執導的電影《後來的我們》就要在這個春天上映了。大家都紛紛在SNS上感慨各自的青春歲月，我有點疑惑，起身洗漱、化妝，在衣櫥裡找職業裝，出門前路過鏡子時停下來端詳自己的臉，竟然在眼角找到一處細紋。

　　小小的，淺淺的，向這漫長人生開出致命一槍。

　　我回想起十幾歲，好像也沒有多少年，怎麼就變得熬不了夜、不愛交朋友、事事以簡單為準則了呢？要知道，我現在逛街買衣服都不愛買單品，連身裙是最省事的，不需要搭配，那種為了和一個人見面，整個週末都拉著閨密試衣服的經歷已經很少見了。要花這些時間，還不如省下來去工作。

　　不僅是我，身邊很多朋友的生活如今都面容模糊。大家都很忙，忙到連失戀都不願意留緩衝期，今日被現實的馬蹄濺了一身泥，第二天就在心頭覆上白茫茫的大雪。

　　只要日子還算過得去，沒有誰會在意大雪背後的情愫。

上班路上我路過學校看到騎著自行車的少年，三三兩兩，嬉笑而過，恍然間覺得其中有個男孩很像你，你就是那種只要後座上坐著一個女孩，就會騎著騎著站起來炫技的可愛男生。

馬賽克先生，原諒我只能這樣叫你。

我們在一起時，我總是跟在你的身後，喊你的名字。大聲地、呢喃地、有恃無恐地、小心翼翼地、不厭其煩地，囉囉嗦嗦又道不出個所以然，你知道這是為什麼嗎？

因為我喜歡你回頭，應我一聲「嗯」，就好像說了什麼海誓山盟的諾言。

關於你的很多細節我都記不太清了，
甚至有時候想起你的臉，我都有點陌生。
但喜歡你時的我所做的那些傻事，
還一字不落地印在我的腦海裡。

我們剛剛談戀愛時，身邊朋友都大呼很配，大家成群結夥地去通宵唱歌，不知道是誰點了〈後來〉，裡面那句：「你都如何回憶我，帶著笑或是很沉默。」我覺得歌詞寫得太淒慘，愣是關掉音效，義正詞嚴地讓眾人改唱成「你都不許回憶我」，在場的人都笑我矯情，又不是生離死別。

只有你看我的眼神裡寫滿慈悲，你知道我的，只要現在，不要後來。

如果將來我們注定要分開，我不要你裝腔作勢的遺憾，不要你

在燈火闌珊處悵然若失的無效眷戀。縱有回憶作為華麗濾鏡，不及此刻歡喜的心情。

#02

別問他會愛你多久，愛情原本就荒謬。

黑塞說：「天真的人們能夠愛。」有時候羨慕那種從制服到婚紗的愛情，本質上，是在羨慕他們始終保持著最純粹的心，去喜歡一個人。

現在人的愛情太快了，來得太快，去得也太快。我身邊有個朋友，自身條件不錯，算是從家庭背景到職業發展，再到個人魅力戰鬥值都很強的一位男生，因為被家裡催婚，去參加了一檔相親節目。

因為幽默風趣的談吐，現場圈了不少迷妹，好幾個女嘉賓喜歡他，其中有一位喜歡拳擊的女孩，笑起來很好看。興趣愛好和我這朋友重疊度也很高，兩個人在沒有「跟著劇本走」的情況下，決定牽手，當時坐在電視機前的我們忍不住驚嘆，這才是真愛啊。

然而下臺約會幾次過後，兩個人就和平分手了。問那位男生原因，對方吞吞吐吐說不出個所以然來：「脾氣很好，性格很好，我覺得她很好，她也覺得我很好，可是每次出來吃飯兩個人都要商量好久，才能決定要吃什麼。大家都太忙了，都有自己的生活圈，誰也無法過度遷就誰。」

兩個人都在同一個城市，但是一個月最多能見兩三次面。男生常年出差國外，女孩是一家音樂公司的總監，整日忙得焦頭爛額。

　　誰都不怪，要怪就怪太忙了，把談戀愛排在生命第一位的時期過去了。

　　我們只會越來越老，但永遠不會再長大。

有時候覺得我們懷念的不是那個人，

也不是那段愛情，

而是那段錦繡年華裡那個無畏的自己。

　　想起我和馬賽克先生在一起時，倒不說誰黏著誰，可總歸，「校園戀愛」幾乎每日都是能見到面的。有任何問題都可以及時溝通修正。

　　那個時候我們還很年輕，害怕被父母發現，害怕被老師知道，就偷偷摸摸地談戀愛，出去約會手頭也沒有太多的零用錢。兩個人總是吵架，動不動就寫一大堆莫名其妙的東西作為感情宣言。有過一千個衝動離開對方，也真正想過，有一天不愛了會怎樣。

　　動畫電影《天外奇蹟》裡說，幸福是每一個微小的生活願望達成。當你想吃時有得吃，想被愛時有人來愛你。

　　後來的很多年裡，我都覺得自己是不是太貪心了。我和馬賽克先生的故事原本是水到渠成，可仔細想來不知道是哪裡出了問題，從此分道揚鑣。

　　或許是我決定離開家鄉的那刻起，**或許是「長大」本身所帶來**

的成人禮中就有遺憾、失落、賭氣的成分在，我們越是接近生活的真相，越是容易失去方向。

到如今我才知道，大多數愛情衰敗的始作俑者，不是第三者，不是生離死別，不是電視劇裡演的那樣，動不動就衝出一個豪門婆婆阻攔你們的愛情。

真正把愛情推向消亡的，是漸漸被生活包裹出來的見識、觀念和企圖心，導致了我們終究離散在人海。

#03

那個時候的我們，是真的不怕被傷害、被辜負，大酒大肉嚐過，小傷口的舔舐都能成為內心某種意義上隱密的樂趣。

一腔孤勇，是我們對愛情最初的尊重。

所有在年輕時為愛追逐過的人，
或許，內心裡都住著一位「馬賽克先生」。
他是你有口無心的祕密，他是你欲言又止的嘆息，
他是即便面容模糊但仍然在你生命中留下了濃墨重彩的唯一，
不可代替。

我高中的好朋友結婚以後，遠嫁他鄉，日子過得還算完滿。但仍然會在偶爾失落時詬病自己婚姻的意義，暢想如果她嫁的人是初戀，又會是怎樣一番光景？

她高中時候喜歡的那個男生，是理科生，笑起來有一對小酒窩，愛擺耍帥的姿勢投三分球。他們剛在一起時，每天課外活動女生都守在籃球場旁邊，拿著毛巾和礦泉水，男生中場休息時兩個人含情脈脈地閒聊，總能酥掉我一地雞皮疙瘩。

　　少年時期的愛情本來就是櫥窗裡的一件藝術品，被刻意打磨得光滑油亮。

　　他們談了七八年的戀愛，從高中到大學，順利得不像話，差點就讓我們以為，他們能夠一起牽手退隱這喧囂人生，從此過上神仙眷侶的生活。

　　但事實上，步入社會的頭幾年，兩個人過得都很辛苦，也不知道是哪句話、哪件事、哪個人變成了分手的導火線。現在，那個女孩已經徹底想不起來他們為什麼會分開。

　　女孩結婚以後過得幸福，大家便不再提這段往事。可她不知道的是，在她結婚那天，那個男生其實有偷偷去現場。

　　「她的樣子沒變，從馬尾變成了捲髮，笑起來依然好看。只是我再也看不到了。」在婚禮現場，男生和我們匆匆打了個招呼，便走了。清瘦的背影讓人心疼。

　　後來他瞞著所有人，繼續愛了她很久。

　　這樣的結局，並不出乎意料。

從前我們每喜歡一個人過後，就像生了一場大病。

漸漸的，免疫力會越來越強，

直到那些為愛烙印的傷口都模糊成一塊一塊的馬賽克。

人人心裡都藏著一段馬賽克的愛情，

眞實存在，無跡可尋。

愛到盡頭，

不是非要一個結果，不是非要探尋什麼意義。

愛的本身，就是抵達。

Story

今晚去見了前男友

從此以往，望你幸福。

 前男友

那個時候，我們都還不知道「永遠」這個詞意味著什麼。
只覺得會永遠永遠在一起。

人長大以後，許多心裡話只敢和著故事真真假假說出來。

從此以往，望你幸福，而我也要接著去走自己的路。

#01

一個月之前，我收到一幅畫。

是我紮著兩根辮子，低頭抱著一隻貓的素描畫，畫畫的人是我前男友。我們已經很多年沒聯繫了。

某天，他突然主動聯繫我，傳來三個字「嚴小魚」。這麼多年過去了，叫錯我名字的壞習慣卻沒變。

緊接著，他傳了一段影片，兩張照片給我。

是他的參賽作品。

我不是很懂繪畫，但看起來畫得也不怎麼樣。

和舊愛聊天其實是一件蠻無聊的事情。他問我最近在寫什麼，有沒有出新書，大城市的天氣是不是一如既往的差。

我說，還好。今年的天空比起往年乾淨很多。

說完之後，我突然想起，三年前我們見過一面，那天我穿了條齊膝的紅裙子，沒想到吃完飯之後他突然提議騎自行車在附近轉轉，於是我就一手壓著裙子，一手握著車把。從小巷弄穿到大街。那個樣子，有點傻。

但是因為對方是他，我自己好像也不在意。

彼此是見證過對方人生中最狼狽無知的人，連掩飾都多餘。

我談過三段戀愛，前兩段都發生在校園裡。他不是我的初戀，卻是我談得最久的那一段。

　　到現在，我都想不起來我們為什麼會分手。

　　因為過去太久，愛和決絕都變得不再真切。也曾有過午夜醒來悲感傷懷的時候吧。大家聽了或許會笑，他寫給我的第一張紙條、送我的第一枚戒指，和帶有他名字的手鍊都被我放在一個小盒子裡，這麼多年來，換了城市生活，搬了四五次家，這些零碎的小東西，都被我一直帶在身邊。

　　這些東西於我的意義，甚至早超過這個人、這段感情本身。

　　我在吃火鍋的時候，收到他的訊息問我打算什麼時候結婚。我撈起一些豆皮，想著怎麼回他，這個連我自己都不知道答案的問題。

　　此時，朋友夾來煮得飽滿晶瑩的一截玉米到我碗裡。

　　我抬頭說了聲謝謝，不經意就融入到他們的八卦中去。

　　晚上到家，看他氣急敗壞傳來的訊息說：「嚴小魚，妳怎麼總是這樣，說話說一半就沒下文了……」

　　感覺很委屈，我又不是故意的。但看到對方認認真真打下的大段文字，口氣還是軟了下來，為自己的沒有及時回覆感到抱歉。但是轉頭看到這個人又把我的名字寫錯了，氣得跳腳。

　　算了。

　　好像我們每次都是這樣不歡而散。

今天下午在老家突然收到他的電話問要不要見個面。猶豫的間隙，他說今晚要離開了，我說好。

然後對著鏡子糾結了三分鐘，沒有洗頭，化了個簡單的妝。

十分鐘後，他說到樓下了。

我拎著包出門，關上門的瞬間，想起來似乎很多年前他也是這樣在我家門口等我。我開始有點後悔沒有洗頭，但來不及了。車門打開，副駕駛上放著的是裱了框的那幅畫。他在旁邊對我笑，外面的風呼呼地刮進來，我感覺自己臉好像紅了。

他問我去哪，我說不知道，我已經很多年沒生活在這裡。

小鎮新開的店家我已經不知道是賣什麼的了。

一陣寒暄和玩笑過後，我們陷入沉默，車往郊區開，迎面而來的夕陽蓋在臉上說不清是舒服還是瘙癢。車裡的音樂更大聲了。

他突然說，要帶我去看一座很漂亮的橋。

我說好。

沒一會兒，車停在路邊，對面是拱起來的高架橋。

路左邊是稀稀落落的草叢，已枯黃，冬天就顯得空曠而莽蒼；右邊是一串連綿的小山丘，新栽的楊柳還沒有長起來。

「真的好……漂亮……啊……」

「不漂亮嗎？」面對我的愕然，他反問我，然後有點賭氣似的扭頭往回開。

回城路上，我們開始八卦起對方的上一段感情來，並默契地給出對方關於分手的理由是「性格不合」，然後兩個人忍不住笑了起來。

真是的，成年人的戀愛啊，相愛的理由五花八門，分開的藉口如出一轍。

每每相處不順，就感覺對方不是對的人，
但什麼是對的人呢？沒有人知道。
或許，根本就沒有什麼對的人。

#03

吃飯時間還太早，我們決定找個咖啡館小坐一下，走到溫州街的時候，想起來他家早些年搬到這附近了。

「要不然，帶妳去見見我父母吧。」

「啊？」

話還沒說完，車就停在了他家門口。

嚇得我驚慌失措。這個人真是的，怎麼一言不合就把女孩子帶回家？我縮在座位上，一副打死都不下車的樣子。

他笑道：「是到我家隔壁的咖啡廳坐坐啦。」

進門之後才發現沒有什麼差別。雖然不是他家，但因為左鄰右舍的關係，這家店的老闆他也認識，我在旁邊莫名地尷尬。

整場對話就像兩個老朋友一樣，聊工作、家庭、身邊的朋友們，他說自己比從前胖了好幾公斤，我才仔細端詳起他的臉，兩側

的臉頰圓潤起來後是褪去了一些少年氣，但還是娃娃臉，尤其笑起來。整個人像是被戳破的酒心巧克力，氣韻猶存。

這幾年他經歷了很多，尤其是去年，創業遇到很多意外。他把這些講給我聽的時候，我覺得很有意思，頓時恢復自己職業屬性中的窺探欲。聊到後面基本上和我日常的採訪對象差不多了。

看了一下時間，我想起晚上還有個企劃案要寫，便按捺不住了。

「回去吧。」

「不陪我吃頓飯嗎？下次見，不知道又要多少年。」

聽到他說的這句話，我心軟了，可能是真的覺得再相遇不知來日，總之，面對他的誠懇，我說不出拒絕的話。

出門前。老闆和他打招呼，還使了個眼色：「這位是？」

「前女友。」

他倒是回答得乾脆俐落，但我總覺得換做自己會回答朋友吧。

#04

晚餐決定吃火鍋。

走路過去。

是一段通往公園的上坡路，路上，他談起許多年前，我們也是這樣慢悠悠地走著同樣的路。他問我記不記得這條路，我沒有說話。被這句話刺激到的大腦，拖著我跑回記憶中那年的畫面，是四

月，清明雨中，兩個人並肩走在溫柔的黃昏裡。

那個時候，我們都還不知道「永遠」這個詞意味著什麼。

只覺得會永遠永遠在一起。

我們談戀愛的那幾年，很少一起吃飯，他不愛吃外面的飯菜。少有的幾次，大多也是他在旁邊看我吃。

到了餐廳，菜點得有點多，我吃到一半就撐得不行了。開始認真思考我們的過去，是怎麼開始的，又是怎麼爭吵和好的。

咦？我怎麼就是想不起來我們是怎麼分開的呢。

他坐在旁邊，白了我一眼：「妳不記得，我們還吃了頓分手午餐嗎？」

我真的不記得了。

在他的描述之下，我想起來個大概。那個時候我們從學校畢業後，開始遠距離，不知道因為什麼事，在一次見面後，我突然提出分開，然後就在火車站附近隨便吃了頓分手午餐。真的是好潦草的分手啊。

「我以前那麼不注重儀式感的嗎？」我不禁反問自己。

「那是一個九月。對你來說，或許只是一頓普通的午餐，但妳不知道那頓分手午餐，我消化了多少年。」

他用開玩笑的語氣說出這句話來，我卻像看了部悲情電影一樣想哭。

#05

還喜歡嗎？

我不知道。

還能在一起嗎？

我不知道。

確定的是，我們之間，愛情沒有了，但感情還在。

仔細想了想，我對他的愛，應該是一種願望，而不是欲望。

我希望眼前的這個人幸福。

比希望我自己幸福還要迫切。

我們走了好久，他送我回家，不知道是不是最後一次。

準備轉身離開的瞬間，他說：「不擁抱一下嗎？」

我沒有猶豫地上前和他擁抱了，緊緊的。

然後，以同樣毫不猶豫的姿勢，走進了大門。

只聽到他在身後高聲說：「要幸福啊！」

你為什麼封鎖了那個喜歡的人？

我渴望能見你一面，
但請你記得，我不會開口要求見你。
這不是因為驕傲，
你知道我在你面前毫無驕傲可言，
而是因為，唯有你也想見我時，
我們見面才有意義。
——西蒙波娃《越洋情書》

♡ ◯ ⊲ 　　　• • • • •　　　🔖

 馬尾小姐

> 聊天記錄是一種印記，是不斷發生在我們之間化學實驗的精神
> 沉澱。每一塊記憶碎片裡，都重複著我無數次的快樂和悲傷。
> 所以我選擇封鎖你。不是放棄你，而是放過了我自己。

#01 對不起，都怪我太喜歡你了

十七歲時我以為，撕掉寫著你名字的小紙條，就可以不喜歡你。

十九歲時我以為，伸手擋住從你背後散發出的光芒，就可以不喜歡你。

二十三歲時我以為，逃離原來的那座城市，在漫無目的的旅行中沉醉於山川湖海，放空過去，就可以不喜歡你。

但想要「格式化」一份愛情，不像手機恢復原廠設定那麼簡單。我可以封鎖你，卻無法忘記你。來時的每一寸忐忑與歡喜，全部都轉化為密密麻麻的情緒資料，記錄在歲月這個投影機裡，若是不小心在深夜按錯鍵，就開啟自動播放模式。

終於，我刪除掉你所有的聯繫方式，把關於你的回憶都關進了沒有半點燈光的小房間。

對不起，都怪我太喜歡你了。

如果不能在一起，至少留給自己一個有尊嚴的告別姿態。

#02 不是放棄你，是放過了我自己

你也刪除過一個人吧？儘管是那樣捨不得。

馬尾小姐和我說，她昨晚把暗戀了四年的男孩封鎖了。別人的大學生活是讀書、聚會、打工、追星、旅行……但她的大學正經八百做過的只有一件事，那就是「喜歡他」。

將他的帳號設為摯友。

把他SNS上所有的照片都偷偷保存在手機裡。

有事沒事，每晚睡前，習慣點開的對話框就是他的。

他去過的每一個地方，她都記得；他在街上眼角瞥過的每一個女生，她都暗自盯著對方，想著人家為何入得了他的眼；他開心時，她就在身邊笑得和傻子一樣，他不開心時，她連陪伴的資格都沒有，只好覥著臉打電話給他喜歡的女生，求她過去看看他。

她以「朋友」的身分愛了他四年，天知地知，只有她喜歡的男生不識趣。

馬尾小姐：「真的沒有辦法了！我忍不下去了，要麼告白，要麼封鎖……我明知道他不喜歡我，如果最終都是以『失去』為結局的話，那我寧可選擇帶著所有祕密遠離他。」

聊天記錄是一種印記，是不斷發生在我們之間化學實驗的精神沉澱。每一塊記憶碎片裡，都重複著我無數次的快樂和悲傷。

所以我選擇封鎖你。

不是放棄你，而是放過我自己。

#03　主動的是我，封鎖了你也不會發現吧

曾經有一個研究指出，男性和女性之間，女性明顯更容易封鎖好友。社群媒體隱私管理報告表示，67%的女性在社交網站上封鎖過好友，而男性只有58%。

但這不代表現實生活中的男生，就不會封鎖人。

在很多問題上，單以理性和感性來衡量，永遠都是無解的，因為你既可以舉出一個人邏輯縝密的例子，也可以剝落出一個人頭腦發昏的模樣。

冰山先生就是一個在所有人眼裡「不食人間煙火」的男生，我們剛認識時，朋友就偷偷和我說，喜歡誰都可以，就是不能喜歡他。他這個人啊，冷漠無情，被他傷透心的女生加起來至少可以組一個高級版狼人殺的局了。劍眉星眸，再加上那一開口就讓空氣都變得酥軟的嗓音，真的有種讓人挪不開眼的魔力。

這麼好看的男孩，好幾年不談戀愛，不是gay，就是內心某處缺個角。

果不其然，冰山先生和我熟起來之後才爆料了他的「初戀」，我不認識她，她卻永遠活在我的心裡。冰山先生說的是個學鼓的音樂系女孩，英氣十足，偏偏不肯多看他一眼。當時的冰山先生完全不是後來我們認識的自帶冷漠感的他，反而像個小男生，沒事就纏著女孩聊天，跑去女孩駐唱的小酒館裡，點瓶兩百多塊的啤酒。明知道被坑，還開心地朝著臺上的她揮手，用嘴型說「妳唱得真好」。

是從哪天開始放棄的呢？順著冰山先生的回憶，我看到一個短髮女孩從舞臺上跳下來，牽起一位熟男帥哥的手，她的笑，像麵包上的椰蓉，精緻而有限，只能給一個人。

冰山先生的性格大概是從那個時候開始了微妙的轉變吧。他如今的衣著打扮，和他描述的那個女孩喜歡的類型，毫無差別。但是那又怎樣呢，愛是天時地利的迷信，郭襄比小龍女晚出生了十六年，相遇的時機不對，再奮力都是徒勞。

害怕你過得好，卻和我無關，

又害怕你過得不好，我卻無能為力。

主動的是我，反正，封鎖了你也不會發現吧。

念念不忘，無需回應

失戀就是這樣啊，

不會讓人的骨骼分崩離析，

卻會從飽滿的肌體裡一點一點抽離那些情愫的波動。

♡ ◯ ▷　　　• • • • •　　　🔖

 蘑菇小姐

> 明明是為了和你告別，卻不知不覺，將對你的依戀轉移成對自我的改變。知道你不會再回來了，那麼，我只能把自己活成你的樣子。如此便能在長久的等待中捕捉到時光的回應。

#01

　　蘑菇小姐過去是個職業戀愛家，馬不停蹄翻滾在不同類型男人的春天裡，將對方的生活攪得天昏地暗之後，一旦失去心動感，隨即抽身而退。就這樣，儘管她沒把愛情當成戰役，卻實實在在活成了別人眼裡的「常勝將軍」。她形容自己是個妖孽，無孔不入的那種。

　　所以當她空窗兩年之後，大傢伙都懷疑她是不是改變了性向。

　　直到某天夜裡我接到一個電話，未聞其聲，先有嘆息。蘑菇小姐說：「世人都以為武媚娘削髮為尼、戒掉葷腥是斬斷紅塵遁入空門的前兆，誰曉得，她心裡滿滿裝著的還是那座令她神傷又渴望的大明宮。」

　　浮生長恨歡娛少，箇中滋味只有個中人曉得。蘑菇小姐舉出武媚娘的案例，大概是想撇開家國大事來單純地聊聊她們目前相似混沌的處境，一個人的行為軌跡並不能完全代表事實。

　　蘑菇小姐不談戀愛的緣由，並非是什麼轉性了，而是她內心裡住著一個不可能的人。一個本來應該活在「過去式」，卻不小心用錯不規則動詞的人。

#02

　　和前任斑馬先生的故事說來簡單。蘑菇小姐是心高氣傲的典型獅子座女生，十分霸道，說一不二，偏偏配上那張會令人驚豔恍神的臉龐，連發脾氣都能被映照得格外可愛。朋友聚會上那個坐在角

落裡不善言辭的男生對她一見傾心。蘑菇小姐習慣了和勢均力敵的對手交往，那些人裡有體育系的小鮮肉、有善於調情的富二代、有閱歷豐富的大叔，他們不開口便能把小女生的心思猜個通透。

都屬於愛情裡「玩得開」的那類人。相愛時大聲說出口，不愛時瀟灑放開手。

成年人的感情都很識趣，在香薰蠟燭下接吻，在紅酒餐桌上輕輕握住對方的手，在氣氛剛好的路燈側影裡說「喜歡你」，在頭腦清醒的早晨提出分開，用最快的速度收拾分割打包好各自的物品，不再回頭。

蘑菇小姐經歷過的感情大多如此，還算溫柔，卻沒有榨盡整顆心的熱情。

斑馬先生的到來，令她有一種前所未有的感覺。她脾氣暴躁，斑馬先生就會在隨身攜帶的包裡裝幾顆牛奶糖，說是可以治癒壞情緒。她粗枝大葉到記不住對方的生日，斑馬先生卻能準時在每個月她來大姨媽的那幾天，遞上薑糖水。自從和斑馬先生交往以後，她出門根本不用記得帶什麼鑰匙錢包，眼前的這個人，彷彿比哆啦A夢還要神奇。

被人捧在手心裡的驚喜，蘑菇小姐不是沒有經歷過，只是那些人的力度遠遠及不上斑馬先生所付出的一半。或許和斑馬先生的成長背景很有關，他出生在傳統教師世家，不喜交際，作息規律，性格和行事方式都溫吞得很。

這種細水長流的濕潤感，恰恰是蘑菇小姐在以往的戀愛裡不曾得到的。

但漸漸地，蘑菇小姐開始有些厭倦斑馬先生的「過分細心」。或許是新鮮感過去了，或許是斑馬先生的愛情束縛住了她的自由，她開始本能地排斥，終於在一天被斑馬先生不停嘮叨早點睡覺少熬夜這樣的瑣碎話題裡爆發。

#03

蘑菇小姐像過去一樣，大言不慚地提出分手，還說老死不相往來。

她就是這般決絕的人，尤其是在氣頭上。但這次不同，她隱約感覺到自己內心裡是希望對方挽留自己的，可自尊使得她無法說軟話，即便在分開前斑馬先生再三勸她仔細想想，不如暫時分開冷靜。蘑菇小姐還是死命搖頭不肯鬆口，直到次日下班回家，才發現斑馬先生已經帶著行李搬離了公寓。

從嘴上說分開到切身體會到這個人不存在的事實，這個過程，蘑菇小姐始終沒辦法完全適應。

剛開始，她覺得不就是失戀嘛，又不是沒失過，多買點衣服、多吃點美食、多去世界各地散散心，這個世界不照樣還是很美好的嗎？按照她的規劃，她在百貨公司裡一口氣買回了春夏秋冬四季的衣服，在沒有人提醒她飲食搭配的幾個月裡，她的體重飆升七公斤，平白無故多出來的雙下巴像是在嘲笑她失控的人生。

她買了去日本的機票，臨行前突然想到，過去是斑馬先生一直嚷嚷著想去奈良看鹿。此時她一個人跑去那幹嘛呢？蘑菇小姐頓時

感覺意興闌珊，不想去了。

失戀就是這樣啊，

不會讓人的骨骼分崩離析，

卻會從飽滿的肌體裡一點一點抽離那些情愫的波動。

只有觸碰到那些不起眼的小細節時，

我們才能清楚意識到，愛過的人已不在身邊的事實。

過馬路不會再有人牽起你的手，摘走照片的相框變得空空蕩蕩，一支牙刷、一個枕頭、一件襯衫，都充滿回憶，鞋子在鞋櫃裡擺得整整齊齊，你卻會恍然覺得這裡原本不應該如此規矩。不會再有人把房間弄得亂糟糟，也不會再有人天冷時端來一碗熱湯。曾經去過的地方將成為故事的禁忌，每每路過，回憶都會風起雲湧。

#04

於是後來的日子裡，蘑菇小姐終於活成斑馬先生的樣子。不再熬夜，不再熱絡於社交，從前斷斷續續交往過的人都自動按下Delete鍵，只留下那個模糊的影子。

正如電影《春嬌與志明》裡的那段經典臺詞所言：

「愛情開始時我們都是余春嬌，愛情結束時我們都是張志明。」

明明是為了和你告別，卻不知不覺，將對你的依戀轉移成對自我的改變。知道你不會再回來了，那麼，我只能把自己活成你的樣

子。如此便能在長久的等待中捕捉到時光的回應。

無法割捨，索性滯留不前，北風過境，愛情的麥田裡仍有不願遷徙的候鳥。

所以蘑菇小姐寧可單身，做著別人眼裡不解風情的老尼姑。從此無心愛良夜，任他明月下西樓。她沒有再談戀愛，也沒有再找過斑馬先生，聽說對方如今已然娶妻，過著他們曾經幻想過的俗世幸福生活。

她說：「就讓我一個人守著回憶好好過吧，哪天回憶不再溫熱了，我會自動走出門去尋找新世界。」

蘑菇小姐並非大家眼裡為愛執迷不悟的怨女，相反，她其實活得很通透。

在一段感情開始時，她給自己選擇的權利。

在一段感情結束之後，她仍然沒有忘記自己有自主選擇的權利。是用力遺忘？還是帶著幾分念念不忘，等待時間給出一個雲淡風輕的答案？二者並無對錯，每個人對待感情的態度和方式不同。不必逞強，不必假裝，讓「生活重啟」的按鈕放在自己的手裡就好。

但只有一點，請記得。所有分開後的念念不忘，都無需回應。

散場，也請記得給個擁抱

愛時無懼無畏，
不愛時絕不拖泥帶水。

 集郵小姐

戀愛過後，我們每個人的臉上都有往事印記，閃爍的眼神，微妙的嘴角，嬌嗔或憎憤的語氣，它們就像一張張地圖，告訴別人我們曾經去過哪裡，經歷過什麼，愛過誰，又弄丟了些什麼。

　　我很欣賞的作家說過一句話，想真正了解你的愛人，就要到分
手以後。

　　否則，懷著濕漉漉的心事遺跡，又如何能闊步前去。

　　集郵小姐是個很特別的女生，別人分手都是呼天搶地、黯然神
傷，只有她，每次分手時都只是要求和對方拍一張「擁抱照片」當
作分手禮物。「喀嚓」一聲，鬆開雙手，轉身離去，不留餘地，連
嘆息聲都不會洩露在空氣裡。

　　她會把和每一任男朋友的擁抱照片都貼在手帳裡。就像集郵那
樣，把與愛人之間發生過的點點滴滴都記錄下來，就算分開，也從
不狼狽猙獰。

　　集郵小姐和前任簡木的故事挺奇妙的。

　　兩個人剛認識時都剛來這座大城市沒多久，集郵小姐是從小地
方摸爬滾打出來的野生畫家，沒讀過正式的藝術學院，平日裡靠著
替雜誌社和廣告公司做槍手設計為主業。賺得不太多，勉強夠生
活。但她是天生的樂觀派，不僅沒有被這座城市的憂鬱忙碌所干
擾，還格外熱愛生活，閒暇時，會在路邊擺個攤替路人畫素描。

　　簡木，是她的一位普通客人。那日，簡木和同事們到那附近吃
飯，出來時有人起鬨說路邊那個女生畫畫的技術真好，人也長得漂
亮，大傢伙就去湊熱鬧讓集郵小姐畫幾幅人像。

　　集郵小姐注意到簡木，是因為他的表情奇特，坐在那裡一本正

經的樣子，就很想逗逗他，搓開他的眉頭，告訴他，有什麼想不開的，都不愛笑。當然，這些也只是集郵小姐的內心戲。直到收攤以後她從地上撿起簡木的錢包，才有了後來的故事。

古往今來，才子佳人，都是無巧不成書。集郵小姐從簡木錢包裡找到了一張學生證，雖然已過期，但至少找到了失主的一點資訊。然後，她又在SNS上找啊找，最終找到了「簡木」的帳號。

故事的開端充滿了浪漫和奇遇。後來集郵小姐把他們的相遇、相識和一步步墜入愛河的過程都寫進了手帳裡，在歸還錢包的那一刻，集郵小姐就預感到兩個人將發展成不同的關係。去過的地方、聽過的歌曲、說過的情話，密密麻麻在歲月裡構成了他們的戀愛地圖。

集郵小姐最喜歡畫男朋友簡木的表情，他總是悶悶的，不愛說話，但搓開細小表情的褶皺可以窺探出他有趣的靈魂。

「他眼睛瞇起來時像貓，只管享受，從不討好。」

集郵小姐說起簡木時，或許不知道，她自己也是這副模樣。

戀愛過後，我們每個人的臉上都有往事印記，

閃爍的眼神，微妙的嘴角，嬌嗔或憎憤的語氣，

它們就像一張張地圖，

告訴別人我們曾經去過哪裡，經歷過什麼，

愛過誰，又弄丟了些什麼。

#02

　　分手有兩種痛。

　　一種是用刀捅，另外一種是拿針扎，前者讓愛情變得血肉模糊，後者讓心靈的外殼看起來完好無損，輕輕一碰，卻夜不能寐。

　　我覺得集郵小姐很酷，並不是因為她帶著盔甲硬殼來面對這些痛，而是因為她能勇於擁抱所有的甜蜜或傷口，把一切回憶，都融進生命裡。

　　集郵小姐和簡木的故事，和我們每個人所經歷的沒有什麼不同。相遇奇妙，相戀熱鬧，兩個人在這座偌大的城市裡依偎取暖，日子過得並非花團錦簇，但仍舊可以在下過雨的老街道上牽手散步和對方分享一整日的見聞。樓上的飯菜香，鑽到鼻子裡，集郵小姐就可以腦補進他們結婚以後的生活。

　　存款不夠，就租房子，在陽臺上種滿多肉植物。

　　工作不穩定，就朝著夢想用力跑，牆上貼的畫，貼補生活的空洞。

　　她喜歡為簡木燒水做飯，鑽進廚房裡，看那一壺滾燙的水氤氳著，冒著暖氣，咕嘟咕嘟，沸騰在淡薄的空氣裡，顯得生命厚重。偶爾去她家做客，看著她在廚房裡站著等水燒開的執著樣子，我笑她過得古樸，何必麻煩，買個飲水機不就好了，燒水多浪費時間。

　　她頓了頓告訴我，在等一壺水燒開的時間，會讓她常覺得「日子」二字，是實實在在敲打在心裡的。

這樣靜謐、祥和而又無懈可擊的甜蜜時光，在我們漫長的生命裡，不會是持久狀態。水總有燒開的那一刻。

　　身為一個從小立志成為畫家的有（偏）志（執）青年，集郵小姐對這座大城市的感情，是不容撼動的。可簡木的成長經歷造就了他戀家的性格，隨著年紀越大，家人越是催促他回家鄉，他曾經想過帶集郵小姐一起回家生活，但被嚴詞拒絕：「要我離開這裡，就是要我的命啊。」

　　就這樣，兩個將未來放置在天秤兩端的人越走越遠。

　　漸漸大家都變得不愛說話，同在一個屋簷下，連吃飯時間都會故意和對方錯開。偶爾集郵小姐忍不住想示弱，但她知道，鬧彆扭的根源不是因為彼此性格，而是因為意識到一些具體、堅硬、無法繞開的現實問題，解決不了，永遠都是心結。

　　簡木決定離開的那天，集郵小姐躊躇許久最終扔下畫筆一路追到社區門口，臉跑得紅撲撲的。

　　「妳決定和我一起走了？」

　　「不，我只是來和你道別的，還沒有留下分手合照，怎麼能放你輕易離開。」集郵小姐的笑容，融化在背後的夕陽裡。

　　你怎樣打開我就請怎樣關上我，你怎樣塞滿我就請怎樣抽離我。

　　我在你眼中笑過、痛過、活過、破滅過，沉默又歡喜，我想過一千種挽留你的方式，卻發現愛到盡頭沒選擇。那就這樣吧，讓我們最後一次用力擁抱，把所有真心都揉碎灌進晚風，然後我會鬆開手，朝著與你相反的地方嶄新明亮地走下去。

#03

　　史航曾在寫給止庵的一本書《惜別》的書評中，提到有那麼一群人，懂得惜又懂得別，對明知留不住的東西仍然充滿留戀，大約可以叫「惜別族」。

　　我就是這樣的人。

　　去任何一個地方，走時都繾綣不捨。對待生命中出現過的至親好友，沒有辦法想像脫離對方的生活。佩戴許久的戒指凹陷在發胖的手指間，膨脹的肥肉，像故意在和你作對的命運，告訴你：瞧，你所珍視的一切都正在理所當然地遠離你。

　　比如時間，比如愛人，比如快樂，比如此刻你看到的這篇故事，終將在你合上書的幾天後，澈底掉入大腦的遺忘黑洞。

　　可我們不能因為離別而忽略擁有時的感覺，對不對？

　　簡木走後的半年，集郵小姐總是很恍惚。馬桶旁邊的軍事雜誌，臥室凌亂的工作臺上擱置著新褲子的一張CD，〈沒有理想的人不傷心〉，整整一個週末，集郵小姐都窩在房間裡聽這首歌，回過神來，淚流滿面。

　　他們曾約定要去的音樂節，後來沒有再舉辦過。

　　如同他們的愛情。

　　假設去遠方旅行，實則早已將回憶的骨灰撒在時光的大海。

　　「他不是我第一個愛的人，也不會是我最後一個愛的人，可為什麼，我此刻想到他，還會如此難過。」集郵小姐抱著我說，消瘦

的下巴靠得我疼。我只好反問道：「既然如此，當初為什麼不跟他走？或者讓他留下來。」

對這段隱隱作痛的感情，集郵小姐倒是看得透澈。人人都說愛可以戰勝這世間一切，沒問題，可有幾個人會真的為了愛而選擇逆光飛行？我們都太高估自己對愛的信仰，以為只要踮踮腳，就能夠到上帝的臉頰。

對集郵小姐來說，夢想更重要；對簡木來說，家庭更重要。

「兩個不在同一頻道的人，注定無法走下去。」

有些愛基於追逐，有些愛基於理解，總體來說，後者令人有種落落大方的可惜感。因為太清醒了，所以只能微笑著看著你走。

我的野心很大，曾想過和你過好這一生。

現在，我的野心告訴我，往後一個人也要好好生活。

這世上很多愛情都是高走低開，我們沒辦法。能做的就是在天寒地凍洶湧而來之前，為單薄的回憶添一件衣，熱一壺酒，岔路前輕輕碰杯，用力擁抱，不找藉口，相信凡是離開的原本就只是交叉的平行線而已。

權當集郵，遊戲人間。

從此雲淡風輕，過往一筆勾銷。

今晚，是我最後一次傳訊息給你

你別覺得煩。

今晚，真的是我最後一次傳訊息給你了。

我就慢慢說，你隨便聽聽。

最近我喜歡上一首老歌，裡面有句歌詞，張著蝴蝶的翅膀撲到了我心裡：「愛你的每個瞬間，都像飛馳而過的地鐵。」

從前你問我，對你到底是什麼意思。

我想，就是歌裡唱的意思吧。

一直找不到合適的形狀、姿態、身分、距離來界定我們的關係。

是黎明與黑暗交織的；

是熱脹冷縮的；

是觸底反彈的；

是明暗相間的；

是忽近忽遠的；

是你說晚安，我卻失眠的。

我就像小時候遊戲機裡那種塊頭大、又很蠢的肌肉勇士。

時而被驕傲又隆重的暴力打擊絆倒，時而你笑笑，我就滿血復活。

可是總是開機重啟，真的很累。

我知道你很忙，其實我也忙。

我不喜歡總是這樣一邊工作一邊盯著手機。

手機很沮喪吧。

跟了一個沒出息的主人，天天黏著它，不讓人家喘口氣。

手機裡的APP很無語吧。

承載著你不回我訊息時，我的暴躁脾氣。

肩負著私人偵探的重任，窺探你的心情。

天氣預報排序第一是你所在的城市，許久未下雨。

購物車裡放著加濕器，不敢寄給你。

備忘錄裡是我想你時的塗鴉，總冒著傻氣。

你喜歡的那部電影，我來來回回看了好幾遍，不太喜歡編劇給出的遺憾結局。

好可惜。

我從未擁有你。

生命裡卻都是你的痕跡。

傾國徒相看，寧知心所親。

這世上美好的事情太多了，但都比不過你。

你是天下的鹽、世上的光。

隨便往萬物裡丟一點，就是勃勃生機。

有段時間我問自己，我喜歡的，究竟是你，還是喜歡喜歡你的心情？

喜歡一個人就要得到嗎？

你喜歡的人不喜歡你，該怎麼辦呢？

後來我想通了，喜歡一個人就像喜歡海。

無論怎麼靠近，我也不能跳海。

我可以站在岸邊聽海潮的澎湃，可以在沙灘上拾起光陰、一意孤行。

海再無邊無際，相信也有終點。

就像我喜歡你。

離開是很長的決定。

從一個月之前，我就做好了不愛你的準備。

我收起了你送的禮物，刪掉了有你的合照，撕掉了為你寫的日記，洗乾淨了你最喜歡的球衣，你總是忘記買的面紙在左手邊倒數第二個抽屜，裡面還有上次出去玩用剩的外國硬幣。

我已經盡量隱藏SNS上關於你的消息。

今晚是我最後一次傳訊息給你。

從前我覺得這個世界上有很多告別儀式。

電影裡安排過各種分手的結局。

比如舉著酒杯將我們粒粒分明的過往，切割成你和我。

比如跋山涉水去一個陌生古城，以最後的狂歡換個惦念。

比如要聲嘶力竭用力摔門，以示決絕。

比如我說「親愛的，抱抱我吧」，你只是伸出手，用力地握了下去。

珍惜是真的，失望也是真的。

愛情啊，

往往在燈火闌珊處壯烈降臨，然後在黑暗驟至中消磨殆盡。

已經看過太多別離，

我們就別那麼客氣了。

請你記得：

我愛你，在這句話裡，愛是次要的，你才是最重要的。

還愛不愛，沒那麼要緊。

你開心就好。

微文學 47

最後一次用力擁抱，然後轉身遠行

作　　者—— 閆曉雨
副 主 編—— 朱晏瑭
封面設計—— ivy_design
書名手寫字—— 莊仲豪 IG @ zeno.handwriting
內文設計—— 林曉涵
校　　對—— 朱晏瑭
行銷企劃—— 謝儀方

第五編輯部總監—— 梁芳春
董 事 長—— 趙政岷
出 版 者—— 時報文化出版企業股份有限公司
　　　　　　108019 臺北市和平西路 3 段 240 號
　　　　　　發 行 專 線—(02)23066842
　　　　　　讀者服務專線— 0800-231705、(02)2304-7103
　　　　　　讀者服務傳真— (02)2304-6858
　　　　　　郵　　　撥— 19344724 時報文化出版公司
　　　　　　信　　　箱— 10899 臺北華江橋郵局第 99 信箱
時 報 悅 讀 網—— www.readingtimes.com.tw
電 子 郵 件 信 箱—— yoho@readingtimes.com.tw
法律顧問—— 理律法律事務所 陳長文律師、李念祖律師
印　　刷—— 勁達印刷有限公司
初版一刷—— 2021 年 8 月 20 日

定　　價—— 新臺幣 320 元
（缺頁或破損的書，請寄回更換）

時報文化出版公司成立於 1975 年，並於 1999 年股票上櫃公開發行，
於 2008 年脫離中時集團非屬旺中，以「尊重智慧與創意的文化事業」
為信念。

ISBN 978-957-13-9289-9　　Printed in Taiwan

最後一次用力擁抱,然後轉身遠行/閆曉雨作. -- 初版.
-- 臺北市: 時報文化出版企業股份有限公司, 2021.08
面；　公分

ISBN 978-957-13-9289-9（平裝）

855　　　　　　　　　　　　　　110012483